文春文庫

八丁堀吟味帳

鬼　彦　組

鳥羽亮

JN266616

文藝春秋

目次

◎主要登場人物◎

彦坂新十郎（北町奉行所吟味方与力）

彦坂組（鬼彦組）同心衆

倉田佐之助（北町奉行所定廻り同心）
根津彦兵衛（同、通称「屍視《おろくみ》の彦兵衛」）
利根崎新八（同）
高岡弥太郎（同）
狭山源次郎（臨時廻り同心、通称「ぼやきの源さん」）
田上与四郎（同）

……

横川史之助（北町奉行所定廻り同心）
赤堀与之助（同）

富沢屋のおよし（大川桟橋に死体で揚がった娘）

豊島郡
白髭神社
向島
卍寛永寺
小石川
卍浅草寺
上野
浅草
本郷
不忍池
吾妻橋
卍
駒形堂
神田明神
蔵前
神田
大
本所
北町奉行所
川
麹町
御城
日本橋
南茅場町
隅田川
深川
八丁堀
富ヶ岡八幡
築地
佃島
麻布
十軒町
鉄砲洲稲荷
芝
南飯田町

八丁堀吟味帳　関連地図

八丁堀吟味帳

鬼彦組

第一章　同心の死

1

　夜陰のなかに、大川の流れの音が低い地鳴りのように聞こえていた。月光を映じた川面《かわも》が淡い青磁色にひかり、無数の波の起伏を刻みながら下流の深い闇のなかに呑まれていく。

　日中は大川の河口から江戸湊《えどみなと》の海原まで見渡せ、猪牙舟《ちょきぶね》、高瀬舟、白い帆を張った大型廻船などが行き交っているのだが、いまは船影もなく、夜陰にとざされている。その夜陰のなかに、佃島《つくだじま》が岸に沿うように黒くひろがり、ちらちらと民家の灯《ひ》がまたたいているのが見えた。

　そこは、鉄砲洲、本湊町だった。大川の河口《かこう》沿いの道をふたりの男が歩いていた。北町奉行所の定廻《じょうまわ》り同心、横川史之助《よこかわしのすけ》と岡っ引きの伊助《いすけ》である。

横川は八丁堀の組屋敷に帰るところだった。河口沿いの道をしばらく歩き、八丁堀にかかる稲荷《いなり》橋を渡れば、組屋敷のある界隈《かいわい》に出られる。

すでに、五ツ（午後八時）を過ぎていた。頭上で、弦月が皓々《こうこう》とかがやいている。ふたりの影が、くっついたり離れたりしながらついてくる。

「旦那、すこし遅くなりやしたね」

横川に跟《つ》いてきた伊助が、声を大きくして言った。小声だと、汀《みぎわ》の石垣を打つ流れの音に、掻き消されてしまうのだ。

「今日のところは、無駄骨だったな」

横川は伊助を連れ、築地《つきじ》の南飯田町にある「蔦屋《つたや》」という小料理屋に聞き込みに出かけた帰りだった。小料理屋ということで、暮れ六ツ（午後六時）ちかくなってから行ったため、いまになってしまったのだ。

「あっしが、猪吉《いきち》の塒《ねぐら》をつきとめやすよ」

伊助が言った。

「そうしてくれ」

横川は、およしという娘の死に疑念を持って探っていた。三月ほど前、およしは男といっしょに大川で揚がった。

町方は相対死（心中）ということで、探索しなかったが、

……相対死に見せかけた殺しかもしれねえ。

と横川は思い、ひそかに探っていたのだ。およしは溺死だったが、身籠《みご》もっていたことに疑念をもったのである。

そうしたおり、猪吉という男がおよしの死にかかわっているらしいと分かり、行方《ゆくえ》を追っていた。そして、猪吉が蔦屋を贔屓《ひいき》にしているらしいとの情報を得て行ってみたのだが、女将《おかみ》のおれんもおまさという酌婦《しゃくふ》も猪吉のことは知っていたが、塒も知らなかったし、探索に役立つような話も聞けなかったのだ。

前方に、鉄砲洲稲荷の杜が見えてきた。八丁堀が大川に流れ出る岸際にある稲荷で、波除け稲荷とも呼ばれていた。その稲荷の脇に稲荷橋があり、その橋を渡った先が八丁堀の地である。

こんもりとした稲荷の杜が夜陰のなかに、黒々と辺りを圧するように見えていた。通りに人影はなく、道沿いの店は表戸をしめて、ひっそりと静まっている。

稲荷の鳥居に近付いたとき、横川は背後に迫ってくる足音を聞いた。振り返ると、淡い月明りのなかに、黒い人影がぼんやりと見えた。

町人のようだった。着物を尻っ端折《ぱしょ》りしているらしく、両脛《りょうずね》が白く浮き上がっ

たように見えた。すこし、前屈みの格好で足早に歩いてくる。

「旦那、頬っかむりしてやすぜ」

伊助の低い声に、警戒するようなひびきがくわわった。真っ当な男ではない、とみたのかもしれない。

「うむ……」

横川も、男の歩く姿にただならぬ気配を感じた。男の身辺には、飄客《ひょうかく》や居残りの仕事で遅くなった職人などとはちがう殺気だった雰囲気があったのである。追い落としか、刃物をちらつかせて金を脅し取るつもりか——。いずれにしろ、油断のならない男のようだ。

だが、横川は恐れなかった。

「八丁堀同心を襲うような男はおるまい」

横川は雪駄《せった》履きで、黄八丈の小袖を着流し、巻き羽織と呼ばれる羽織の裾を帯に挟む八丁堀同心独特の格好をしていた。近付けば、夜目にもそれと分かるはずだった。それに、相手は町人ひとりである。

「だ、旦那、前にも！」

ふいに、伊助が足をとめて昂《たかぶ》った声を上げた。

見ると、稲荷の鳥居の脇に人影があった。そこは樹陰のせいもあって、ひときわ闇が濃かった。かすかに黒い人影が識別できるだけで、武士なのか町人なのかもはっきりしない。その人影が、ゆっくりとした歩調で通りへ出てきた。

……武士だ！

月光に浮かび上がった男は、小袖に袴姿だった。大小を帯びている。しかも、黒布で頬っかむりしていた。

そのとき、背後で聞こえていた足音が、タタタッという走り寄る音に変わった。町人が走り寄ってくる。町人の胸のあたりに、にぶくひかる物があった。匕首《あいくち》である。その匕首が獲物を追う夜走獣の牙のように見えた。

「き、きやがった！」

伊助がひき攣《つ》ったような声を上げた。

町人の動きに合わせるように、前にいる武士も小走りになった。左手を鍔元《つばもと》に添えて右手で刀の柄《つか》を握り、抜刀体勢をとっている。ふたりが、横川たちを狙っていることはまちがいなかった。この場で、待ち伏せていたようだ。

「何者だ！」

横川が語気を強めて誰何《すいか》した。

武士も町人も無言だった。横川たちとの間が、せばまってくる。

横川との間が五間ほどに迫ったとき、いきなり武士が抜刀した。刀身が、月光を反射《はね》て青白くひかった。銀色《しろがねいろ》の刀身が、夜陰を切り裂いて迫ってくる。

武士は八相に構え、横川の前にまわり込んできた。遣い手らしい。刀身に揺れがなく、腰も据わっている。

「町方同心を襲う気か!」

横川が叫んだ。

やむなく、横川は半太刀《はんだ》拵《ちごしら》えの刃引《はびき》の刀を抜いた。町方同心は下手人を生け捕りにするのが建前だった。そのため、刃引した短めの刀や脇差を差すことが多かったのである。

つづいて、伊助が、

「や、やろう! 八丁堀の旦那に、刃物をむけるのか」

と、喉のつまったような声を上げた。体が顫《ふる》えている。それでも、懐《ふところ》から十手を取り出して身構えると、後ろから迫ってきた町人に十手をむけた。

伊助の顔が恐怖でこわばり、前に突き出すように構えた十手が震えていた。腰も引けている。

「なにゆえ、おれを襲う！」

横川は刀を手にしたまま訊いた。

なぜ、ふたりが自分を襲うのか、横川には分からなかった。ふたりとも顔がはっきりしないが、覚えのない者たちである。辻斬りや追剝《おいは》ぎの類でもなさそうだ。殺されほどの恨みを買っている者の顔も浮かばなかった。

「問答無用」

武士が低い声で言い、八相に構えたまま間合をつめてきた。頰っかむりした黒布の間から細い目が蛇《くちなわ》のようにひかっている。

「おのれ！」

横川は切っ先を武士にむけた。こうなると、闘うしかなかった。

横川の切っ先が気の昂りと恐怖のために小刻みに震え、月光を反射て青白い光《こう》芒《ぼう》のように見えた。

つつッ、と武士が摺り足で間合をつめてきた。一足一刀の斬撃の間境にせまるにつれ、男の全身に気勢が満ち、斬撃の気が高まってくる。

横川の目に武士の体が膨れ上がったように見え、上から覆いかぶさってくるような威圧を感じた。

武士の威圧に押され、横川が後じさろうとした。その一瞬、腰が浮き、剣尖《けんせん》が上がった。この一瞬の隙を武士がとらえた。

タアッ！

裂帛《れっぱく》の気合を発し、武士が斬り込んだ。

八相から袈裟《けさ》へ。

横川の目に、稲妻のような閃光が映じた。

咄嗟《とっさ》に、横川は刀身を振り上げた。反射的に横川の体が動いたのである。

眼前で青火が散り、キーン、という甲高い金属音がひびき、横川の刀身が跳ね返った。次の瞬間、横川の体勢がくずれ、上半身が横にかしいだ。武士の強い斬撃に押されたのである。

横川は体勢をたてなおす間がなかった。眼前に閃光がはしり、耳元で刃唸りの音がした瞬間、首筋に焼き鏝《ごて》を当てられたような衝撃がはしった。

……斬られた！

と、横川が頭のどこかで感じたとき、首筋から熱いものが迸《ほとばし》り出た。

横川の意識があったのはそこまでである。

一方、伊助は路傍の叢《くさむら》に横たわっていた。首から胸にかけて血まみれになっている。町人に、匕首で首を掻き斬られたのだ。仰臥《ぎょうが》した伊助は四肢《しし》を痙攣《けいれん》させていたが、息の音は聞こえなかった。すでに絶命したようである。

「旦那、引き揚げやすか」

町人が訊いた。人を殺して気が昂っているのか、声に甲走《かんばし》ったひびきがあった。

「長居は無用」

そう言うと、武士は血振《ちぶ》り（刀身を振って血を切る）をくれてから納刀した。

武士と町人は、足早にその場から離れた。横川と伊助の死骸は夜陰につつまれ、ぼんやりと黒い輪郭が見えていた。大川の川面を渡ってきた川風のなかに漂う血の濃臭だけが、凄絶《せいぜつ》な斬殺を物語っている。

2

朝の陽射しを浴びて、庭の新緑がやわらかなひかりに満ちていた。その新緑のなかを渡ってきた微風《そよかぜ》には、さわやかさと心地好い温みがある。

庭先で、紋白蝶《もんしろちょう》がひらひらと飛びまわっていた。やわらかなひかりと戯《たわむ》れるように舞っている。

彦坂新十郎《ひこさかしんじゅうろう》は、庭に面した縁先にいた。朝餉《あさげ》をすました後、障子を照らしていた朝日のかがやきを目にし、縁側に出てきたのである。

両手を突き上げて大きく伸びをした後、心地好い朝日に目を細め、何気なく庭にいる蝶に目をやっていた。

新十郎は二十八歳、まだ独り身である。眉が濃く、頤《おとがい》が張っていた。眼光も鋭く剛毅《ごうき》そうな面構《つらがま》えをしているが、気性はおだやかである。

そのとき、座敷の畳を踏む音がし、

「新十郎、まだそこにいるのですか」

母親のふねの声がし、障子があいた。

障子のあく音に驚いたわけではあるまいが、蝶は庇《ひさし》の先をかすめるように舞い上がり、屋根のむこうに飛び去った。

ふねは縁側に膝を折ると、立っている新十郎に顔をむけ、

「そろそろ、御番所（奉行所）へ行く刻限ですよ」

と、静かだが、強いひびきのある声で言った。

ふねは、四十路《よそじ》を越えていた。色白でふっくらした頬をし、優しげな目をしていたが、顔に似合わず気性ははげしかった。歳とともに気性のはげしさは顕著に

なり、ちかごろは夫の富右衛門《とみえもん》に対しても我を通すことが多くなった。反対に、富右衛門は穏やかでのんびりした気性の持ち主だった。富右衛門は隠居して屋敷内にいることが多くなり、ふねとたえず顔を合わせているが、ふねの不平不満は適当に聞き流しているようである。

彦坂家は、三人家族だった。もうひとり、新十郎の妹のふさがいたが、三年前、有馬仙之助《ありませんのすけ》という御徒《おかち》目付組頭に嫁いで、家にはいなかった。

「さて、支度しますか」

新十郎は、北町奉行所、吟味方与力だった。与力の奉行所への出仕は、四ツ(午前十時)ごろとされていた。いま、五ツ(午前八時)過ぎであろうか。そろそろ支度に取りかからねばならない。

新十郎が縁側から座敷にもどったときだった。廊下をせわしそうに歩く足音がし、若党の青山峰助《あおやまみねすけ》が顔を出した。新十郎が奉行所へ出仕するおり、青山は供としてしたがうことになっていた。

青山は五十がらみ、三十年ちかく彦坂家に奉公していた。新十郎が子供のころなどいっしょに遊んでくれたこともあって、身内のひとりのような親しみをもっていた。丸顔で肌が浅黒く、丸い目をしていた。狸を思わせるような顔である。

町奉行所の与力は二百石取りだった。他の二百石取りの与力と同じように、槍持ちと草履《ぞうり》取りの中間《ちゅうげん》、小者《こもの》、それに若党をひとりしたがえて出仕する。すでに、中間たちも出仕の支度をして、新十郎が姿を見せるのを待っているはずだった。

彦坂家には、もうひとり奉公人がいた。女中のおみねである。

「だ、旦那さま、御番所の倉田佐之助《くらたさのすけ》さまがみえてますが」

青山が声をつまらせて言った。

通常、二百石取りの旗本の場合、殿さまと呼ばれるが、なぜか町奉行所の与力は旦那さまと呼ばれる。犯罪者を扱うために不浄役人とみなされ、将軍への謁見も許されなかったためであろうか。

「同心の倉田が、来ているのか」

倉田佐之助は北町奉行所の定廻り同心である。歳は二十六。新十郎よりふたつ年下である。北町奉行所のなかでも、剣の達者として知られていた。

「はい、旦那さまに至急取り次いでくれと申され、玄関先に待っておられます」

「何事であろうな」

新十郎は、すぐに玄関へむかった。

玄関先に倉田が立っていた。顔がこわばっている。何か、異変があったようである。

「どうした、倉田」

新十郎が訊いた。

「定廻りの横川が、何者かに殺されました。ともかく、彦坂さまにお知らせしておこうと思い、駆けつけました」

めずらしく、倉田の声に昂《たかぶ》ったひびきがあった。江戸市中で起こる事件の探索に当たっている倉田にとっても、思いもしない大事件なのであろう。

「横川が殺されたと！」

新十郎も驚いた。町奉行所の定廻り同心が殺されたというのだ。しかも、横川は新十郎の配下のひとりである。

「はい、昨夜、斬り殺されたようです」

「横川ひとりか」

「ほかに、手先がひとり」

「場所は？」

「鉄砲洲稲荷のそばです」

「近いな。行ってみよう」

新十郎は、そこで、待っていろ、と倉田に声をかけ、屋敷内にとって返すと、急いで袴を穿き、大小を手にしてもどってきた。

通常、吟味方与力が、事件現場に臨むようなことはなかった。吟味方与力の仕事は被疑者の審糾《しんきゅう》が主で、事件の探索は、もっぱら三廻りと呼ばれる定廻り、臨時廻り、隠密廻りの各同心の仕事である。ただ、新十郎の場合、大きな事件のおりには自分でも探索にくわわることがあった。それを知っていたから、倉田が新十郎に知らせにきたのである。

「倉田、案内《あない》してくれ」

新十郎は玄関から出ると、大小を腰に帯びた。裃《かみしも》も羽織も身につけない、与力らしからぬ格好である。

緊急事態だった。奉行所への出仕は後である。

新十郎と倉田は冠木門《かぶきもん》を構えた与力の屋敷のつづく通りを抜け、さらに同心の組屋敷が集まっている通りへ入った。奉行所の与力や同心の屋敷は、八丁堀に集まっていたのである。

ふたりは、同心の組屋敷のつづく通りから亀島河岸へ出た。河岸通りを南へ進むと、八丁堀にかかる稲荷橋に突き当たる。鉄砲洲稲荷は、橋を渡った先である。

「倉田、現場を見たのか」

河岸通りを足早に歩きながら、新十郎が訊いた。

「はい、今朝、出入りの小者の知らせを聞いて、見てきました」

「そうか」

倉田の住む組屋敷から稲荷橋は遠くないこともあって、現場を見てから新十郎に知らせに来たらしい。

「高岡《たかおか》と根津《ねづ》も来てました」

高岡弥太郎《やたろう》と根津彦兵衛《ひこべえ》も、北町奉行所の定廻り同心である。

「八丁堀から、大勢駆け付けているようだな」

八丁堀に住んでいるのは、北町奉行所の与力と同心だけではない。南町奉行所の者の屋敷もある。当然、両奉行所の探索にかかわる同心たちは、駆けつけるだろう。

「急ごう」

新十郎は足を速めた。

3

鉄砲洲稲荷の赤い鳥居の前まで来たとき、

「彦坂さま、あそこです」

倉田が前方を指差した。

稲荷の杜がとぎれた先の路傍に、人垣ができていた。ぼてふり、印半纏《しるしばんてん》を羽織った船頭らしい男、風呂敷包みを背負った店者《たなもの》などが集まっている。そうした通りすがりの野次馬に混じって、何人か八丁堀同心の姿もあった。八丁堀同心は小袖を着流し、巻き羽織と呼ばれる独特の格好をしているので、遠目にもそれと知れるのだ。

新十郎と倉田が人垣に近付くと、彦坂さまだ、与力の旦那だ、などという声が聞こえ、人垣が左右に割れた。同心だけでなく、野次馬のなかにも新十郎のことを知っている者がいるようだ。

人垣のなかほどに、高岡と根津の姿があった。屈《かが》み込んでいる根津の前に、男がひとり伏臥《ふくが》していた。巻き羽織を着ている。横川であろう。ふたりは、横川の検屍をしているらしい。

新十郎と倉田が歩を寄せると、高岡と根津が顔をむけ、

「彦坂さま、横川が……」

根津が悲痛な顔をして言った。

根津は五十がらみ、丸顔で、陽に灼《や》けた浅黒い肌をしていた。目が糸のように細く、地蔵のような顔である。いかにも穏やかなそうな顔に反して、女のように高く、細い声を出す。

脇に立っている高岡の顔は、悲痛と興奮でこわばっていた。高岡は二十代半ば、まだ定廻りになってから二年目の若い同心だった。

新十郎は横たわっている横川の脇に屈み込み、

「刀で斬られたようだな」

首筋を見ながら小声で言った。

横川は首筋を深く斬られていた。出血が激しかった。血が肩口から背にかけて着物をどす黒く染め、倒れている周辺の地面にもひろく飛び散っている。

「一太刀か。下手人は武士だな」

首筋の傷は深かった。ひらいた傷口から頸骨が白く覗いている。おそらく、横

川は一太刀で絶命したのだろう。

「倉田、この傷を、どうみる」

新十郎が脇に立っている倉田に顔をむけて訊いた。

「下手人は、手練《てだれ》とみました。それに、変わった太刀筋です。袈裟というより、刀を横に払っています」

倉田が低い声で言った。

倉田は中西派一刀流の遣い手だった。刀傷を見れば、太刀筋や相手の腕のほどを見る目をもっていたのだ。倉田は十二歳のときから中西派一刀流の道場に通い、二十歳を過ぎて町方同心に出仕するようになるまで、剣の修行に励んだのである。

倉田が通ったのは、八丁堀からそれほど遠くない日本橋高砂町の加賀《かが》道場だった。中西派一刀流の道統を継ぐ中西道場は下谷練塀小路にあったが、中西道場の高弟だった加賀十郎兵衛《じゅうろべえ》が独立して、高砂町に町道場をひらいていたのだ。

実は、新十郎も中西派一刀流の遣い手だった。若いころ、倉田と同じ加賀道場に通ったのだ。いわば、ふたりは兄弟弟子といえた。新十郎が兄弟子である。ただ、新十郎は奉行所に出仕のため、倉田より三年ほど早く道場をやめていたので、剣の腕は倉田の方がやや上かもしれない。

「下手人は何者であろうな」

新十郎は、倉田だけでなく根津と高岡にも目をやって訊いた。

「いまのところ、まったく……」

倉田が小声で言うと、根津と高岡がけわしい顔をしてうなずいた。

「うむ……」

新十郎もけわしい顔をして横川の死体に目を落とし、いっとき口をつぐんでいたが、

「根津、この死骸《おろく》から何か分かるか」

と、根津に顔をむけて訊いた。

「……腕が固くなってますし、顔が白っぽい色をしてますから、斬られたのは、昨夜の五ツ（午後八時）ごろでしょうか。……刃物による深い傷で、首の骨までとどいております」

根津が、横たわっている横川の腕をつかんで曲げながら言った。細い目をしょぼしょぼさせている。

根津が見たのは、死後硬直と肌の変色具合である。

根津は同心仲間から、「屍視《おろくみ》の彦兵衛」とか「屍《おろく》の彦さん」と呼ばれる検屍の

達者だった。死後経過時間はむろんのこと、死因、死に至らしめた凶器など、死体から読み取る目を持っていたのだ。

根津が死体の検法に長《た》けていたのは、定廻り同心になって長く経験を積んだこともあったが、他にも特別な理由があった。

三十年ほども前、根津は若くして定廻り同心になったが、なりたてのころ、大川に揚がった磯吉《いそきち》という男の死体を検屍したことがあった。磯吉の体に擦り傷しかなかったことと腹が膨れていたこともあり、磯吉は誤って川に嵌《は》まり、溺死したと判断した。そして、下手人の探索をしなかったのである。

ところが、半年ほど後、大川端で追い落としをしてつかまったふたりの男が、吟味のおりに磯吉を殺したことを白状した。ふたりによると、夜中に大川端を通りかかった磯吉の金を奪おうとして襲い、磯吉を倒して押さえつけ、ひとりが濡れ手ぬぐいで磯吉の口と鼻をふさいで息の根をとめたという。

磯吉の腹が膨れていたのは、水を飲んだためでなく、もともと太っていただけなのだ。それに、根津は、磯吉の体にあった擦り傷を、川に流されたおりについたものと決め付けてしまったのだ。

後で、根津は年配の同心から、もともと太っている腹と水を飲んで膨れた腹はちがうし、口や鼻をふさいで息の根をとめれば、顔色も変わるので、すぐにそれと分かると聞かされた。

根津は大いに恥じた。その後、根津は町方のかかわる殺しはむろんのこと、斬り合い、火事、自殺、事故、毒物などによる死体、それに刑場での斬首や火炙《ひあぶ》りなど、無理をしてでも出かけていって死体をつぶさに見、死因や状況を関係者から聞きまわり、帳面につけた。そして、病死、刃傷《にんじょうし》死、毒物死、水死、殴打死、餓死、凍死……など、様々な死体の特徴と死後経過時間による死体の変化などを見抜く眼力をつけ、事件の探索に役立てるようになったのである。

「五ッか。……巡視の帰りにしては遅いな」

新十郎が低い声でつぶやいた。

「彦坂さま、手先がいっしょでしたので、何か探りに行った帰りかもしれませんん」

と、倉田。

「横川が何を探っていたか、分かるか」

「いえ、分かりません」

倉田が言うと、根津と高岡もうなずいた。

「手先は、どこで死んでいる?」

「あそこです」

根津が、十間ほど先の路傍を指差した。

そこにも人だかりができていた。野次馬だけでなく、八丁堀同心や岡っ引きらしい男の姿もあった。

新十郎は、人だかりの方へ足をむけた。すると、北谷《きたや》という養生所見廻りの同心が、

「下がれ! 与力の彦坂さまだ」

と声をかけ、野次馬たちを下がらせて道をあけた。

見ると、路傍の叢《くさむら》の上に町人体の男が仰臥していた。凄惨《せいさん》な死顔である。男は目を剝《む》き、口をあんぐりあけたまま死んでいた。首筋が血でどす黒く染まり、叢にも小桶で撒いたかのように大量の血が飛び散っていた。

「こやつの名は」

新十郎が訊いた。

すると、それまで黙っていた高岡が、

「こ、この男は、伊助です」

声をつまらせて言い、横川さんから聞いていました、と言い添えた。

「伊助も、刀で斬られたとみるか」

新十郎が訊くと、

「伊助は、匕首でやられたのかもしれません」

根津が小声で答えた。根津の丸い地蔵のような顔がひきしまり、伊助の首筋にむけられた細い目が切っ先のようにひかっていた。根津が、検屍のおりに見せる凄みのある顔である。

「どうして分かる」

「同じ首の傷ですが、横川さんの傷とはあきらかにちがいます。それに、喉元が深く、耳の下あたりが浅いので、下から斬り上げた傷です」

根津によると、匕首を手にした男が、伊助に近寄りざま、匕首を撥《は》ね上げるようにして斬ったのではないかという。

「さすが、屍視《おろくみ》の彦兵衛だ。その場に居合わせたようではないか。……そうなると、下手人はふたりということになるな。ひとりは腕の立つ武士、もうひとりは匕首を巧みに遣う男。……おそらく、町人だろう」

「何者でしょうか」

倉田が言った。

「分からんが、辻斬りや追剥ぎの類ではないだろう。恨みか、それとも探索を逃れようとしたか。……それにしても、八丁堀を襲うとはな」

新十郎が、虚空を睨むように見すえてつぶやいたときだった。

横川の死体をかこんだ野次馬たちの後ろで、父上！　と叫ぶ声が聞こえ、集まっていた男たちがどよめいた。

4

人垣が左右に割れ、若侍と娘が姿を見せた。ふたりは、よろめくような足取りで倒れている横川のそばに近付いてきた。

若侍は十四、五であろうか。まだ、元服を終えて間もないようだ。娘は姉であろうか。十六、七に見えた。顔が紙のように蒼ざめ、目をつり上げている。

「あのふたりは？」

新十郎が訊いた。

「横川さんの倅《せがれ》と娘です」

倉田が小声で、成一郎《せいいちろう》といそという名を口にした。

「父親の死を聞いて駆け付けたのか」

新十郎の顔に悲痛な表情が浮いた。ふたりの姉弟が、哀れに思えたのだろう。

「倉田、北町《きたまち》奉行所の者たちに話してな、横川の亡骸《なきがら》を屋敷に運んでやれ。この場に晒《さら》しておくのは、かわいそうだ」

「心得ました」

倉田がその場から駆け付けた姉弟のそばに行こうとすると、

「待て」

と新十郎が呼びとめ、

「亡骸を運ぶ手配を終えたら、すぐに探索にかかれ。どんなことがあっても、下手人はわれらの手で捕らえねばならぬ」

根津と高岡にも目をむけ、語気を強くして言った。新十郎の剛毅そうな顔に怒りの色が浮き、双眸《そうぼう》には射るようなひかりが宿っていた。

倉田、根津、高岡の三人は、その場に集まっていた北町奉行所の同心たちに話し、さらに同心たちについてきた中間や小者たちも集め、横川の死体を組屋敷まで運ぶよう指示した。また、顔見知りの岡っ引きたちに話し、伊助の死体も家に運ぶよう手配させた。

一方、新十郎はいったん屋敷に帰って着替え、あらためて奉行所に出仕することにしたようである。

いっときすると、戸板、茣蓙《ござ》、浴衣などが、中間や小者たちの手で組屋敷から現場に運ばれた。横川の死体を戸板に乗せて、横川家に運ぶのだ。浴衣は死体にかけて、凄惨な姿を隠すためのものである。

いよいよ横川の死体を運ぶ段になると、倉田がそばにいた根津に、

「根津さん、横川さんの屋敷に同行しますか」

と、訊いた。

「横川さんの家には、暗くなってから行くつもりだよ。……まだ、おれは、ここでやりたいことがある」

根津が低い声で言った。

「何をするつもりです」

「もう一度、死骸《ほとけ》を見たいのだ」

「根津さん、ふたりの死骸を見るなら、ここにいてはできないのでは」

「屍視《おろくみ》は、死骸を見るだけじゃァないんだ。殺された場所に落ちている血の痕、刀、それに足跡も見ないとな。ただ、足跡は無理だな。こう野次馬が大勢集まったんじゃァ、どれが下手人のものか分からねえ」

根津が、伝法《でんぽう》な物言いをした。町奉行所の同心のなかでも、定廻り、臨時廻り、隠密廻りの者は乱暴な言葉遣いをする者が多かった。役目柄、市中の無宿人、地まわり、徒牢人《いたずらろうにん》などと接触する機会が多く、どうしても言葉遣いが荒くなるのだ。

「それに、おれたちにできる横川さんの供養は、いっときも早く、下手人を挙げることじゃァねえのかな」

根津が言い添えた。

「根津さんの言うとおりだぜ。……高岡、おれも横川さんの家へ行くのは後にして、聞き込んでみようと思ってるんだ」

倉田は、脇に立っていた高岡に、おめえは、どうする、と訊いた。

「わたしも、近所をまわって聞き込んでみます。ふたりが殺されたのを見た者がいるかもしれません」

高岡がけわしい顔をして言った。まだ、定廻り同心の経験の浅い高岡は、言葉遣いも丁寧である。

「おれは、勝手に探るぜ」

そう高岡に言い残し、倉田は人垣のなかに目をやった。駒造《こまぞう》という男を探したのである。駒造は、倉田が使っている岡っ引きだった。駒造に訊けば、横川といっしょに殺された伊助のことが分かるかもしれないと思ったのだ。

倉田が集まっている岡っ引きたちに目をやっていると、人垣の後ろから初老の男が出てきた。駒造である。倉田が自分を探しているとみて、人垣を分けて前に出てきたようである。

「旦那、あっしをお探しですかい」

駒造が首をすくめながら近寄ってきた。

駒造は短軀で猪首、妙に大きな顔をしていた。げじげじ眉で、小鼻が張り、頤《おとがい》が張っている。どう見ても悪相だが、憎めない顔でもある。目のせいらしい。よく動く丸い目に愛嬌《あいきょう》があるのだ。

「駒造、訊きたいことがある」

そう言って、倉田は野次馬たちからすこし離れた。駒造は、すこし背を丸めた格好で倉田の脇についてきた。

「殺された横川さんと、伊助を見たかい」

「見やした」

駒造が、無念そうな顔をして言った。同じ岡っ引きとして、感じるものがあったのだろう。

「下手人の見当がつくかい」

倉田が小声で訊いた。駒造は、長年倉田の手先として探索にあたってきた。横川と伊助を殺した下手人の目星がついているかもしれない。

「それが、まったく分からねえんでさァ」

駒造は首をひねった。

「伊助が探ってた事件《やま》は分かるかい」

「それも、分からねえ」

駒造が申し訳なさそうな顔をして視線を足元に落とした。

「駒造が知らねえとなると、横川さんは事件を探ってたわけじゃァねえのかな」

「旦那、伊助のことなら、手先に訊けば分かりやすぜ」

駒造が倉田に顔をむけて言った。

「手先か」

岡っ引きが使っている手先は、下っ引きである。

「浜吉《はまきち》ってえ若いやつなら、伊助が何を探っていたか、知ってるはずでさァ」

「浜吉は、ここに来てるのか」

「来てねえようですぜ」

駒造によると、死んだ伊助のそばにいなかったので、親分の伊助が殺されたことはまだ知らないのではないかという。

「浜吉の塒は近いのか」

倉田は、近ければ、これから行って浜吉に会ってもいいと思った。

「小網町でさァ」

日本橋小網町は、八丁堀から見て日本橋川の対岸にひろがる町である。そう遠くはない。

「行ってみよう」

倉田は稲荷橋の方へ足をむけた。

5

「ここで」

駒造が長屋につづく路地木戸を指差し、庄蔵店《しょうぞうだな》でさァ、と言い添えた。

そこは、小網町二丁目の日本橋川沿いの通りから裏路地に入って、一町ほど歩いたところだった。路地沿いには、小体な店や表長屋などがごてごてとつづいていた。ぼてふり、風呂敷包みを背負った行商人、長屋の女房などが行き交い、路傍の空き地では子供たちが群れて遊んでいた。どこでも見かける裏路地の光景である。

「駒造、浜吉の家を知っているのか」

「へい、あっしが覗いて、浜吉を呼んで来やしょうか」

「そうしてくれ」

倉田は町奉行所同心と知れる格好で来ていた。いきなり、長屋に踏み込んだら住人たちが驚くだろう。

「旦那は、ここで待っててくだせえ」

そう言い残すと、駒造は跳ねるような足取りで路地木戸から入っていった。

倉田が路地木戸の脇に立って待つと、しばらくして駒造が若い男を連れてもどってきた。十八、九と思われる浅黒い顔をした痩せた男である。

「浜吉か」

倉田が訊いた。

「へ、へい、親分が殺《や》られたそうで……。あっしは何も知らねえで、家にいやした」

浜吉が声をつまらせて言った。込み上げてきた悲痛に耐えているのか、顔をしかめている。後で駒造から聞いて分かったのだが、浜吉の父親は居職《いじよく》の錺職人《かざりしよくにん》で、ふだん浜吉は長屋で父親の手伝いをしているという。

「ともかく、歩きながら話そう」

その場に立って話したのでは、人目を引く。こうしている間も、通りすがりの者が何人か、路地の隅に立ちどまって倉田たちに不審そうな目をむけていた。

倉田たちは、ゆっくりとした歩調で歩きだした。

「浜吉、伊助が何を探っていたか知っているか」

倉田が訊いた。

「へい、あっしも、何度か親分のお供をしやしたんで知っておりやす。親分は、富沢屋《とみざわや》のおよしのことを探っていやした」

「富沢屋のおよしだと」

倉田は何のことか分からなかった。

「三月ほど前《めえ》、およしは千次郎《せんじろう》ってえやつといっしょに土左衛門で、大川の桟橋《さんばし》に揚がったんでさァ」

浜吉によると、ふたりが揚がったのは、薬研堀《やげんぼり》近くの桟橋だという。浜吉も、親分の伊助について桟橋へ行ったそうだ。

「あれか」

倉田は思い出した。もっとも、そんな話を聞いた覚えがあっただけで、子細は知らなかった。

「たしか、相対死だったはずだぞ」

そう言えば、大川で揚がったふたりの検屍に当たったのが、横川だったかもしれない。そのころ、根津は他の事件にかかわって、ふたりが揚がった桟橋には行かなかったようだ。

「へい、そんときは、相対死ということになったんでさァ。……ところが、横川の旦那は腑《ふ》に落ちないことがあったらしくて、親分におよしと千次郎を洗いなおせとおっしゃいやしてね。あっしも、何度か富沢屋の近所で聞き込んだことがありやす」

富沢屋は日本橋小網町にある米問屋だった。奉公人が十人ほどの店で、米問屋としては中堅どころだったのだ。相対死と判断したのは、検屍にあたった横川さんは、何が腑に落ちなかったのか。

「横川さんは、何が腑に落ちなかったのか」


「見た目には、だれにも相対死に見えやした」

　浜吉によると、およしと千次郎は帯で手首を縛り合って死んでいたという。ふたりとも、命にかかわるような傷はなかったし、水を飲んで腹も膨れていたそうだ。それに、上流にあたる柳橋の桟橋に、ふたりが履いていたと思われる草履が並べておいてあった。そうしたことから、横川は相対死と判断したという。

「それだけ揃ってりゃァ、おれだって相対死と思うぜ」

　倉田が言った。

「ですが、およしが孕《はら》んでたことを、横川の旦那は気になさっていたようなんで」

「およしは、孕んでたのか」

「へい、およしの親の平右衛門《へいえもん》が、およしの腹が膨れていたのは、子を宿していたせいではないかといいやしてね。……それに、千次郎などという男は見たこともないし、およしの口から千次郎の名を聞いたこともないと言い張ったらしいんでさァ」

浜吉が、脇を歩いている倉田に目をやりながら言った。

「それで、横川さんは調べなおす気になったのか」

「へい、とにかく、千次郎を洗ってみろ、と親分に言われ、あっしも浅草に何度か足を運びやした」

伊助と浜吉は、ふたりの履き物が置いてあった柳橋の桟橋近くから大川端を歩いて聞き込み、およしの相手が千次郎という名で、浅草寺界隈に住んでいる遊び人らしいと分かったという。

それに、およしは死体で揚がる七日ほど前、女中を連れて浅草寺に参詣に行き、境内で行方が知れなくなったままだったというのだ。

「それで、千次郎から何か出てきたのか」

倉田が訊いた。

「これといったことは、何も出てこねえでさァ」

およしと千次郎のかかわりを知る者もいなかったそうだ。

「ところが、横川の旦那は、ふたりが相対死するくれえな仲なら、近所の者のなかにおよしのことを知っている者がいてもいいはずだ。だれも知らねえのは、かえって怪しい、とおっしゃいやしてね。親分にも指図して、千次郎を洗いなおしてたんでさァ。……そ、それが、こんなことに」

浜吉が急に声をつまらせた。親分の伊助と横川が殺されたことが胸によぎり、悲しみと怒りが衝《つ》き上げてきたのだろう。

「ところで、浜吉、昨夜、伊助は横川さんといっしょにどこへ出かけてたのだ」

倉田は、横川と伊助は何か探りに行った帰りに鉄砲洲稲荷の近くで襲われたとみたのである。

「それが、親分から何も聞いてねえんで」

浜吉が小首をかしげた。

「鉄砲洲か、築地か、その辺りだと思うんだがな。何か心当たりはねえのか」

横川が八丁堀に帰るために鉄砲洲稲荷のそばを通ったとすれば、鉄砲洲か築地ということになるだろう。

「あっしにも、分からねえ」

浜吉が困惑したように肩をすぼめて言った。

「そうか」

倉田は、それ以上浜吉から訊くこともなかった。

「浜吉、何か分かったら知らせてくんな」

そう言い残して、倉田が浜吉から離れようとすると、

「だ、旦那！」

と、浜吉が声を上げた。

「なんだ」

「あっしを手先に使ってくだせえ。……このままじゃァ、死んだ親分に顔向けできねえ。親分と横川の旦那を殺した下手人を、お縄にしてえんでさァ」

浜吉が必死の面持ちで言った。

「浜吉、おめえの手も貸りるぜ。おれたちも同じよ。このままじゃァ横川さんに顔向けできねえ。……しばらく、ここにいる駒造の下で動いてくんな」

そう言って、倉田は歩きだした。

「へ、へい！」

浜吉が声を上げ、駒造の後ろに跟《つ》いてきた。

6

新十郎は北町奉行所内の与力詰所で、年番方与力の浅井文左衛門《あさいぶんざえもん》と横川が殺された件で話していた。

南北の奉行所には、それぞれ年番方与力が三人ずつおり、浅井はそのなかのひとりである。

浅井は還暦にちかく、鬢《びん》や髷《まげ》には白髪が目立った。赭《あか》黒い顔の額には、横皺《よこじわ》がよっている。目が細く、いつも笑っているような顔をしていた。おだやかな人柄で、いつも静かな声でしゃべる。浅井の人望は厚く、浅井を悪く言う者はあまりいなかった。

年番方与力は、与力の最古参の者が務め、町奉行所内の生き字引的な存在の者が多かった。仕事は、奉行所内の取締り、金銭の保管と出納、与力たちの監督、さらに同心たちの任免まで行っていた。与力が昇進できる最高の役柄で、町奉行も年番方与力の力に頼らなければ、その職務が果たせないほどである。

「横川を殺した下手人は何者であろうな」

浅井が小声で訊いた。その顔には、憂いの翳《かげ》が浮いていた。

横川が殺されて三日経っていた。奉行所内は、その話でもちきりである。当然、年番方与力の間でも話題になっていた。町奉行所の同心が斬殺された事件は、与力たちにとっても衝撃だった。

「まだ、下手人の目星はついていないようです」

新十郎が言った。

「定廻りの同心の命を狙うとはな。それも、武士らしいというではないか」

「横川は、刀で斬られておりましたので、下手人は武士ではないかとみております」

「何とか、北《きた》町奉行所の手で捕らえたいのう」

浅井がつぶやくような声で言った。

「いかさま」

新十郎の気持ちも同じだった。

そのとき、廊下を歩く音がして新十郎の背後の障子があいた。振り返って見ると、内与力の涌田《わくた》稲之《とうの》助《すけ》だった。

内与力は、他の与力とちがって奉行の家臣のなかから選任された者たちで、奉行の私設秘書のような存在である。

涌田は座敷に入ってくると、浅井に頭を下げてから、

「彦坂どの、お奉行がお呼びでござる」

と、声をかけた。

このとき（天保二年、一八三一）の北町奉行は、榊原主計頭忠之《さかきばらかずえのかみただゆき》だった。北町奉行に就任して十年余が経つ。奉行としては、永年《なが》の務めである。榊原は訴状をすみやかに処理することで知られ、幕閣や江戸市民の評判はきわめてよかった。

「すぐ、参ります」

新十郎は立ち上がった。奉行の呼び出しとあっては、行かないわけにはいかなかった。浅井は立ち上がった新十郎に目をむけ、

「横川が殺された件かもしれんな」

と、小声でつぶやいた。

新十郎も、そうだろうと思った。奉行としても、定廻り、臨時廻り、隠密廻りの同心だけの手に、まかせておけなくなったのかもしれない。

新十郎は涌田について、いったん玄関から出ると、奉行所の脇を通って裏手にある内玄関から入った。奉行の役宅は、奉行所につづく裏手にあったのである。

新十郎は内玄関から入り、用部屋の脇の廊下を通って中庭に面した座敷に通された。そこは、奉行が与力や同心を呼んで話すときに使われる座敷である。

座敷に奉行の姿はなかった。障子がひらいていて、中庭が見えた。初夏の陽射しのなかに、山紅葉や梅の新緑が目を射るように鮮やかだった。

「お奉行は、すぐにみえられる」

そう言い置き、涌田は座敷から出ていった。

新十郎が庭の新緑に目をやっていると、廊下を歩く音がし、榊原が姿を見せた。小紋の小袖に角帯、紺足袋というくつろいだ格好だった。

今月は北町奉行所の月番だったので、榊原は四ツ（午前十時）までに登城し、八ツ（午後二時）過ぎまで城内にいたはずである。それから奉行所にもどり、裃から着替えたのであろう。

町奉行の仕事は過密で、これから白洲に出て訴訟をさばかねばならないはずだ。

榊原は新十郎と対座すると、時宜の挨拶を述べようとする新十郎を制し、

「挨拶はよい。これから着替えて、白洲に出ねばならぬからな」

と言って、あらためて新十郎に目をむけた。

榊原は老齢だった。すでに、還暦を過ぎているはずである。鬢や髷はだいぶ白

くなり、顔には老人特有の肝斑《しみ》も浮いていた。だが、新十郎にむけられた目には能吏を思わせる鋭いひかりがあった。

「定廻りの横川が、何者かに殺されたそうだな」

さっそく、榊原が切り出した。

「はい」

やはり、横川の件か、と新十郎は胸の内で思った。

「今日、城内でな、そのことを口にする者がいた。……このまま下手人が挙げられないようなことになれば、北町奉行所の顔が立《た》たないだけでなく、お上のご威光にも疵《きず》がつく。何としても、北町《き》奉行所の手で捕らえねばならん」

榊原が静かだが重いひびきのある声で言った。

「彦坂」

榊原が声をあらためて言った。

「此度《こたび》の件は、定廻りの者たちだけにまかせておけないようだ。『彦坂組』の者たちを使って探索に当たれ」

榊原が命じた。

「ハッ」

新十郎はあらためて榊原に頭を下げた。

彦坂組とは、新十郎を中核とした探索集団のことである。定められた組織ではなく、与力である新十郎を中心に、事件の探索にあたる何人かの同心が自発的にまとまったもので、組とか班といえばいいだろうか。

本来、事件の探索にあたるのは、三廻りと呼ばれる定廻り、臨時廻り、隠密廻りの同心である。吟味方与力が、直接探索や捕縛に乗り出すことはない。だが、新十郎はこれまで何度か、同心たちが手を焼くような事件や己が吟味にあたった事件に疑念をいだいたときなど、あらためて探索に乗り出すことがあった。

新十郎は事件に深くかかわる者として、曖昧な調べのまま下手人の自白だけで吟味を終え、科人《とがにん》を白洲に座らせたくなかったのである。

これまで、三廻りの同心は個々で事件にあたることが多かった。ところが、三廻りの同心だけでは手に負えないような大事件や奉行所全体にかかわるような事件が起きることもあった。そうしたおり、何人か同心が自発的に新十郎の許《もと》に集まり、事件に当たるようになったのである。

奉行所内では、「彦坂組」とか、「鬼彦組《おにひこ》」とか呼ばれていた。鬼彦組とも呼ばれるようになったのは、吟味方の与力は下手人を吟味するおり、自白を迫るために拷問を行うこともあったので、もともと与力の頭に鬼をつけて呼ぶ者がいたのだ。その鬼を与力である彦坂の頭にもつけて、鬼彦組とも呼ばれたのである。榊原にはともかく、奉行所内では鬼彦組の方が通りがよかったかもしれない。

榊原も、新十郎たちが彦坂組とか鬼彦組と呼ばれていることを知っていて、そう言ったのである。

「何としても、下手人を挙げてくれ」

そう言い置いて、榊原は立ち上がった。

7

新十郎は榊原と会った翌日、鬼彦組の同心たちを北町奉行所の同心詰所に集めた。同心詰所は、奉行所の表門を入ってすぐの右手にあった。与力が、同心詰所に顔を出すことはすくなかったが、新十郎はあえてそこに集めることにした。与力の詰所では、同心たちが気を使うだろうし、与力たちの仕事の妨げにもなるからである。

詰所に顔をそろえたのは、六人の同心だった。

定廻りの倉田佐之助、高岡弥太郎、根津彦兵衛、利根崎新八《とねざきしんぱち》。臨時廻りの狭山源次郎《さやまげんじろう》、田上与四郎《たがみよしろう》。

集まった男たちのなかに、隠密廻り同心はいなかった。隠密廻りは奉行直属の同心で、市中で起こった事件の探索に他の同心とともに当たることはまれだったので、当初から新十郎たちは一線を画していたのである。

「集まってもらったのは、横川が殺された件だ」

新十郎が一同に視線をまわして切り出した。

「お奉行も懸念され、何としても北町奉行所《きたまちぶぎょうしょ》の手で、下手人を捕らえよ、とおおせられた。それぞれ、かかわっている事件《やま》があるかもしれんが、ともかく此度《こたび》の件に力をそそいでくれ」

新十郎が言うと、集まった男たちがうなずいた。

「すでに、探索を始めている者もいると思うが、まず、これまでつかんだことを話してくれ」

新十郎は、個々でつかんだ情報を共有してことに当たろうと思った。これまでも、彦坂組はそうやって事件の探索に当たってきたのである。

「それがしから、検屍で分かったことを」

まず、根津が横川と伊助に残った刃物の傷から、下手人はすくなくともふたり、その内ひとり武士がいることを話した。

「武士は手練《てだれ》とみていい」

倉田が、横川を斬った下手人が剣の遣い手であることを言い添えた。

「他にも、知れたことがあります」

根津が細い声で言った。

「鳥居の脇の欅《けやき》の陰に、新しい足跡がいくつも残っておりました。……その樹の陰に隠れて、ひとりは待ち伏せしていたのかもしれません」

「どうして、ひとりと分かるのだ」

新十郎が訊いた。

「同じ草鞋《わらじ》の足跡でしたので……」

「もうひとりは？」

「横川さんたちの跡を尾《つ》けてきたのかもしれません」

「ふたりで、挟み撃ちにしたのか」

利根崎が、声を上げた。

すると、男たちの隅にいた狭山が、さすが、屍視の彦兵衛さんだ、まるで、見てたようだぜ、……ついでに、下手人の名が分かるといいんだがな、……そいつを、嗅ぎ出すのは、おれたちの仕事か、と独り言のようにつぶやいた。

狭山は、独り言をぶつぶつ口にするのが癖だった。仲間内では、「ぼやきの源さん」とか「つぶやき源さん」と呼ばれている。

狭山は五十代半ば、鬢や髷には白い物が目立つ。小柄ですこし背がまがっていた。丸顔で肌が浅黒く、額に横皺がよっていた。猿のような顔をしている。

同心のなかでも古株で、定廻り同心として長年事件の探索にかかわってきた。根気強い男で、他の同心があきらめたような事件でも執拗に探索をつづけ、奉行所の者たちが忘れたころに下手人を捕縛するようなこともあった。それに、市中の盛り場や岡場所に昔からの顔見知りがいて、悪党が立ち入りそうな場所から情報を得るのが早かった。

「倉田、どうだ、何か知れたか」

新十郎が倉田に目をむけて訊いた。新十郎は、倉田が現場にあらわれた後、すぐに探索に着手したことを知っていたのだ。

「それがしは、横川さんが何を探っていたのか気になりまして、伊助が使っていた手先の浜吉から話を聞いてみました」

倉田が言った。

「それで？」

「横川さんは、三月ほど前に大川で揚がったおよしの件を洗いなおしていたようです」

倉田は、富沢屋のおよしと千次郎のことを話し、横川が相対死に疑問を持ったことを話した。

それを聞いていた根津が、

「その相対死のことですが、わたしも横川さんに訊かれたことがありますよ」

と、身を乗り出すようにして言った。

「何を訊かれたのだ」

「たしか、水死した男と女の肌の色、腹の膨れぐあい。それに、女の腹に子供がいるとどうなるかとか、そんなことでした」

「まちがいない。横川さんは、およしと千次郎の相対死が腑に落ちず、ひとりで探っていたのだ」

倉田が声を大きくして言った。

「それで、千次郎という男は」

新十郎が訊いた。

「浅草諏訪町の長屋に住む遊び人らしいことが、知れたようです」

倉田は、いまのところおよしと千次郎が深い仲だったかどうか分かってないことを言い添えた。

「いずれにしろ、およしと千次郎を洗いなおしてみることだな。……ただ、およしと千次郎の事に絞り込むのは、まだ早いだろう。まったく別の件で、横川は斬られたのかもしれんからな」

新十郎はそういった後、しばらく虚空に視線をとめて黙考していた。そして、何か思いついたような顔をして男たちに視線をむけると、

「ただ、これだけは言える。何者かはしれんが、町方同心と手先を待ち伏せて斬り殺した。しかも、ひとりは武士らしい。追剝ぎや辻斬りの類でもない。……下手人たちは、よほど大事なことを横川につかまれたか、それとも、下手人の陰には大物がいて町奉行の同心をあまくみているか。いずれにしろ、おれたちの手で下手人を捕らえないと、北《きた》町奉行所の顔は丸潰れだぜ」

新十郎が語気を強くして言った。

第二章　相対死

1

「新十郎、おまえ、いくつになるんだい」

ふねが、新十郎の脇に座るとすぐに訊いた。

新十郎は奉行所からもどって裃《かみしも》を着替え、居間に来てくつろいでいたところだった。

「二十八ですが」

また、始まったな、と新十郎は思った。ふねが、新十郎に歳を訊くのは、嫁の話を持ち出すためである。新十郎の歳を忘れることなどないのだ。

「おまえ、そろそろ嫁をもらわないとね。彦坂家を継ぐ者はいないんですよ」

ふねは、渋い顔をして言った。

「そうですね」

新十郎は気のない返事をした。

「おまえ、知っているのかい。わたしがおまえを生んだのは、旦那さまが二十三のときです。……おまえは、いま、二十八なんですよ」

ふねがそう言ったとき、隣の座敷で、富右衛門の咳払いが聞こえた。ふたりのやり取りが、富右衛門にも聞こえたらしい。

富右衛門は、隣の座敷で書見をしているはずだった。富右衛門は新十郎を与力に出仕させた後、隠居して家にいたが、暇潰しに書見をしたり、近所の碁敵《ごがたき》の屋敷に出かけて碁を打ったりして過ごしていた。陽気のいい日は庭に出て盆栽の世話をしたり、植木の剪定《せんてい》をしたりすることもある。

「おまえ、まさか、嫁をもらわない気じゃァないでしょうね」

ふねが、きつい顔をして言った。

「そんなことはありません。縁さえあれば、明日にでも……」

新十郎は、女嫌いというわけではなかった。ただ、なかなかその気にならないだけである。それに、毎日、ふねと顔を合わせているせいもあるかもしれない。

「おまえさえその気なら、縁はいくらでもあります」

ふねが目をつり上げて言ったとき、廊下をせわしそうに歩く足音がした。

障子があいて顔を出したのは、若党の青山である。

「旦那さま、倉田さまがおみえですが」

青山が、新十郎とふねに目をむけて言った。

「倉田が来たと。……何の用かな」

新十郎は、日中、奉行所で倉田と顔を合わせていた。そのときには、倉田は新十郎の家に来るような話はしていなかったのだ。

「横川家の成一郎さまといそさまも、ごいっしょですが」

青山は、成一郎といそに名を訊いたのだろう。

「横川家の者もいっしょか」

新十郎は、何か大事な用件があって訪ねてきたのだろうと思った。

そのとき、ふねが、

「ふたりは、亡くなった横川どののお子かい」

と、声をひそめて訊いた。

「そうですよ」

新十郎が小声で答えた後、

「すぐに、客間に通してくれ」

と、青山に言った。

新十郎は青山が座敷から出ていった後、ふねに顔をむけ、何か大事な話かもしれません、と言い置いて、客間にむかった。

ふねは、けわしい顔をしてそのまま座敷に残っていた。横川家が見舞われた悲劇に思いをめぐらせたのか「いたわしい話だねえ」とつぶやいた。

客間に、倉田、成一郎、いその三人が端座していた。成一郎といそは身を硬くし、顔をこわばらせていた。顔色もすこし蒼ざめている。

……ふたりとも、やつれたな。

と、新十郎は思った。

成一郎といそは、憔悴《しょうすい》していた。横川が殺害された後、ふたりを鉄砲洲稲荷のそばで見かけたときより頰がこけ、肌に艶《つや》がないように見えた。体もほっそりした感じがする。

横川が殺害されて十日あまり経っていた。すでに、葬式を終え、初七日も過ぎている。この間の姉弟の深い悲しみは、新十郎にも分かっていた。

新十郎は葬式と初七日の法事に横川家を訪れ、焼香をすませていた。そうしたおりに、成一郎といそ、それに横川の妻のしげの姿を目の当たりにして、残された家族の悲嘆と無念さが身にしみて分かったのである。なかでも、しげは病身らしく、見ているのも痛々しいほどであった。

「彦坂さま、願いの筋があってまいりました」

倉田がけわしい顔で言うと、

「わたしどもが、倉田さまにご相談いたしたのです」

と、いそが言い添えた。どうやら、姉弟で倉田家を訪ね、相談した上でここに来たようだ。

いそは色白で、目鼻立ちのととのった顔をしていた。清楚《せいそ》な感じのする美人である。ただ、蠟《ろう》のように白い肌や深い悲しみを湛《たた》えた目などには、女の美しさや可愛らしさを超えた悽愴《せいそう》さがあった。

「願いの筋とは？」

新十郎が訊いた。

「このままでは、横川家の者たちは、組屋敷を出ねばなりません」

倉田が新十郎を見すえて言った。

「うむ……」

新十郎は、倉田の言わんとしていることがすぐに分かった。そのことは、新十郎の胸の内にもあったのである。

横川が死んだ後、残された家族は組屋敷を出されるだけでなく、扶持《ふち》を失い、生きていく糧《かて》がなくなるのだ。

残された家族は、横川を失った悲嘆に暮れているわけにはいかない。死んだ横川の後を追って家族三人自害するか、組屋敷を出た後、長屋にでも身をおいて何か生きていく術《すべ》をみつけるかである。そうはいっても、武家に育った成一郎やいそが、町人と交わって仕事をすることなど無理であろう。

「彦坂さま、成一郎を無足見習として出仕させるわけには、いきませんか」

倉田が言うと、

「彦坂さま、なにとぞ、お願いいたします」

成一郎が絞り出すような声で言い、姉弟が額を畳に付けるほど低く頭を下げた。

同心は一代限りの御抱席《おかかえ》であったが、事実上は世襲的に親から子へ同心の身分を引き継いでいた。同心の子は、十五、六歳になると、無足見習として父親といっしょに奉行所に出仕して同心の仕事を覚え、見習、本勤並、本勤と格を上げていき、父親が隠居するのと同時に新規召し抱えとして父親の跡を継いだのである。

こうした親から子への身分の引継ぎは、与力も同じだった。

ところが、成一郎はまだ無足見習として出仕していなかった。いまのままでは、父親の跡を継ぐことはできない。

「何とか、せねばならんな」

新十郎も、このまま横川の家族を八丁堀から追い出すのは、あまりに哀れだと思った。それに、横川は定廻り同心の仕事を遂行をするために、殺されたといってもいいのである。

「まず、浅井さまに話してみるか」

いきなり、奉行の榊原に話すことはできなかった。まず、年番方与力の浅井に話を持っていき、浅井から奉行に話してもらうのだ。

……浅井さまもお奉行も、成一郎の出仕を認めるだろう。

と、新十郎は考えた。

だが、成一郎が無足見習になったとしても、横川家の者が生きていくのは容易ではない。無足見習の報酬はわずかで、家族が暮らしていけるようなものではないのだ。せめて本勤並になるまでは、困窮に耐えねばならないだろう。ただ、父親の跡を継いだことになれば、本勤並になるのも、そう長い先ではないはずだ。

「成一郎、苦難に耐えろよ。一人前の同心になるためにな。それが、亡くなった横川の願いでもあろう」

新十郎が諭すように言った。

「はい！」

成一郎が顔を上げ、強い目差《まなざし》で新十郎を見つめた。

2

倉田は駒造と浜吉を連れて、小網町の日本橋川沿いの道を歩いていた。富沢屋へ行き、あるじの平右衛門からおよしのことを訊いてみようと思ったのである。

四ツ（午前十時）ごろだった。おだやかな晴天のせいであろうか、日本橋川沿いの道はいつもより人出が多く、賑わっていた。魚河岸と米河岸が近いこともあって、印半纏を羽織った奉公人や船頭、大八車で米俵を運ぶ人足などが目についた。日本橋川にも、荷を積んだ猪牙舟《ちょきぶね》や艀《はしけ》などが行き交っている。

「旦那、あれが富沢屋ですぜ」

浜吉が前方を指差しながら言った。

倉田も富沢屋は知っていた。ただ、店に立ち寄ったことも、あるじの平右衛門と話したこともない。

富沢屋は、米問屋らしく土蔵造りの二階建ての店舗を構えていた。脇には米をしまう倉庫があり、裏手には土蔵もあった。

ちょうど、米を運んできたところらしく、倉庫の前に米俵を積んだ大八車がとまり、印半纏を羽織った奉公人らしい男が、人足たちに指図して米俵を倉庫内に運び込んでいた。

倉田は店の手前で足をとめると、

「おめえたちふたりは、近所で聞き込んでくれ」

と言い置き、店先にむかった。ふたりの手先を連れて、店に乗り込むわけにはいかなかったのである。それに、近所で聞き込むと、思わぬ収穫があったりするのだ。

倉田は店先の暖簾《のれん》を分けて店に入った。敷居を跨《また》ぐとすぐ、ひろい土間になっていた。土間の脇に、米俵が積んである。

土間の先が板敷きの間になっていて、右手に帳場があった。帳場机を前にして算盤《そろばん》をはじいていた年配の男が倉田を目にすると、算盤を置いて慌てて立ち上がった。番頭のようである。

年配の男は腰をかがめながら倉田の前に来て、上がり框《かまち》のそばに膝を折ると、

「八丁堀の旦那、何かご用でしょうか」

と、愛想笑いを浮かべながら訊いた。

倉田は小袖を着流し、巻き羽織という八丁堀ふうの格好で来ていたので、すぐにそれと知れるのだ。

「番頭かい」

倉田が訊いた。

「はい、番頭の為蔵《ためぞう》でございます」

「為蔵、あるじの平右衛門にな、娘のおよしのことで訊きたいことがあって来たと伝えてくれ」

倉田は、娘のことなので直接平右衛門から訊こうと思ったのである。

「少々、お待ちを」

そう言い残し、為蔵は慌てた様子で帳場の脇の廊下から奥へむかった。平右衛門に話に行ったようだ。

倉田は上がり框のそばで立っていっとき待つと、為蔵がもどってきた。

「どうぞ、お上がりになってくださいまし。……あるじの平右衛門は、奥でお会いしたいそうです」

為蔵は倉田が雪駄を脱いで上がるのを待ち、帳場の脇の廊下へむかった。

倉田が為蔵に案内されて入ったのは、廊下沿いにあった座敷だった。そこは、上客との商談のための座敷らしく、座布団や莨盆《たばこぼん》が用意してあった。

倉田が座布団に腰を落ち着けるとすぐ、障子があいて恰幅《かっぷく》のいい五十がらみの男が姿を見せた。唐桟《とうざん》の羽織に格子縞の小袖、しぶい路考茶《ろこうちゃ》の角帯をしめていた。いかにも、大店《おおだな》のあるじという格好である。

男は倉田と対座すると、

「あるじの平右衛門でございます」

と、すぐに名乗った。

浅黒い顔で眉が濃く、頤《おとがい》が張っていた。いかにも頑固そうな風貌だが、声は女のように細かった。それに、神経質そうに目を瞬かせていた。風貌に反して、気弱なところがあるのかもしれない。それに、平右衛門の顔には、暗い翳《かげ》が張り付いていた。

「番所（奉行所）の倉田だ」

「なにか、むすめのことで、お訊きになりたいことがあるとか」

平右衛門が上目遣いに倉田を見ながら訊いた。

「番所の横川が、店に来たことがあるな」

すぐに、倉田が切り出した。

「は、はい……。よ、横川さまが、亡くなられたそうで」

平右衛門の顔に困惑するような表情が浮いた。どうやら、横川が斬り殺されたことを耳にしているらしい。もっとも八丁堀と小網町は近いので、すぐに噂は伝わるだろう。

「横川は、およしの相対死に不審を抱いて調べなおしていたらしい。そのことで、ここにも来たのだな」

「はい……」

「それで、横川に何を話したのだ」

「およしは、相対死したのではないと申し上げました。いまでも、そう思っております。およしは、千次郎などという男のことを口にしたこともありませんし、男といっしょに町を歩いている姿を見たこともないのです。……千次郎などという遊び人と、相対死するはずはございません」

平右衛門が、気色ばんだ声で言った。

「およしが大川で揚がったとき、身籠もっていたと聞いてるぜ」

「そ、それは……」

平右衛門が言葉につまった。

「およしは、だれの子を宿したんだ」

千次郎の子でないなら、だれの子なのか。およしの相手の男によって、だいぶ様子が変わってくる、と倉田は思った。

「そ、それが、はっきりしないんです。およしは、何度訊いても相手の男の名を口にしませんでした」

平右衛門が困惑したような顔をして言った。

「およしは、千次郎の子だから、父親のおめえに話せなかったんじゃァねえのかい。遊び人の子を身籠もったとは、言いづれえからな」

「そんなことは、ございません。およしは、お屋敷から宿下がりしたとき、すでに身籠もっていたのです」

「お屋敷だと」

思わず、倉田が聞き返した。屋敷から宿下がりしたとなると、およしは旗本か大名の屋敷にでも、行儀見習いのために奥奉公に行っていたのであろうか。

「は、はい、駿河台にある大久保恭元《おおくぼただもと》さまのお屋敷にご奉公に上がっておりました」

「駿河台の大久保さまというと、御側衆《おそばしゅう》の大久保さまか」

「は、はい」

「うむ……」

倉田は驚いた。まさか、御側衆のような大物が出てくるとは思わなかったのだ。御側衆といえば、幕閣の中枢にいて将軍に近侍する要職だった。役高五千石で、老中待遇である。町奉行所の同心にとっては、雲の上のような存在なのだ。

「まさか、およしは、大久保さまのお子を宿したというのではあるまいな」

倉田が訊いた。

「それがはっきりしないのです。わたしも、そのようなこともあるかと思い、およしに質《ただ》しました。すると、およしは、いまは言えない、ともうすばかりで……」

「だれの子かな」

「それが、いくら訊いても、およしは頑として相手の名を口にしなかったのです」

「いまも、およしが、だれの子を宿したか分からないのだな」

倉田が念を押すように訊いた。

「は、はい」

「…………」

いずれにしろ、およしは奥女中として大久保家にいるとき身籠もったようだ、と倉田は思った。

「平右衛門、富沢屋は大久保家と何かかかわりがあるのか」

大店の娘が、大身の旗本の屋敷へ行儀見習いのために奥奉公に行くことはめずらしいことではなかった。ただ、奉公先の家と縁があってのことである。勝手に押しかけるわけにはいかないのだ。

倉田は、米問屋の富沢屋と御側衆の要職にある大久保との間に、縁故があるとは思えなかった。

「越前屋《えちぜんや》さんの口利きで、大久保さまにお世話になることになりました。なんですか、越前屋さんは、大久保さまのお屋敷にお出入りが許されているそうです」

「越前屋というと、同じ米問屋だな」

日本橋伊勢町に越前屋という米問屋があった。米河岸に近い場所にあり、江戸でも名の知れた大店である。

「はい、てまえどもの先代が、越前屋で働いていたことがあり、いまでも越前屋さんにはいろいろお世話になっております」

「そうか」

倉田は、機会があったら越前屋に大久保家とのかかわりを訊いてみようと思った。

「ところで、平右衛門」

倉田が声をあらためて言った。

「およしは、鉄砲洲か築地に行くことがあったのか」

「どういうことでございましょうか」

平右衛門が、怪訝《けげん》な顔をして訊いた。

「習いごとに行っていたとか、親戚筋があるとか。……築地方面に出かけることはなかったのか」

「いえ、まったく……」

平右衛門は首を横に振った。

「富沢屋としては、どうだ。築地方面に、得意先でもあるのではないか」

「ございませんが」

すぐに、平右衛門が答えた。

「そうか」

どうやら、およしも富沢屋も、築地方面とのかかわりはないようだ。

「およしが、宿下がりしてからの様子を話してくれ」

倉田が声をあらためて言った。

「宿下がりして、十日ほどしてからでしょうか。およしが浅草寺にお参りに行きたいともうしましたので、女中のお松をつけていかせました。ところが、お松は境内の人混みのなかで、およしの姿を見失い、それっきりおよしの行方が分からなくなってしまったのです。……それから、七日後のことです、大川で揚がったのは……」

平右衛門が涙ぐんで言った。

「うむ……」

倉田は、およしがお松の目を逃れてどこかへ行ったのではないかと思った。

それから倉田は、およしが大久保家に奉公していたときのことなどを訊いてか

ら、

「何かあったら、また、寄らせてもらうぜ」

と言い置いて、腰を上げた。

店から出ると、駒造と浜吉が路傍で待っていた。

「歩きながら話すか」

倉田たちは、日本橋川沿いの道を上流にむかって歩きだした。江戸橋を渡って、八丁堀に出ようと思ったのである。

「それで、何か知れたかい」

歩きながら、倉田が訊いた。

「あっしらは、およしのことを訊いてみたんですがね。……千次郎とのことは、まったく出てきませんでしたぜ」

駒造によると、およしの評判は悪くなかったという。およしはおとなしい娘で器量もよく、親に逆らうようなことはなかったそうだ。近所の者の話では、およしは遊び人などと深い関係になるような娘ではないという。

「横川さんが睨《にら》んだとおり、およしは相対死じゃァなかったかもしれねえ」

となると、およしは相対死と見せかけて殺されたことになる。しかも、何者かが、およしの死に疑念を抱いて調べ始めた横川と手先にまで手を伸ばして殺したのだ。その下手人のひとりに、腕の立つ武士もいる。ただの怨恨や痴情による殺しではないだろう。大物が、事件の裏で動いているようだ。

……こりゃァ、でかい事件《やま》だぜ。

倉田は、背筋を冷たい物で撫でられような気がして身震いした。事件の裏に、深い闇を垣間見たのである。

3

倉田たち三人が、入堀にかかる思案橋のたもとまできたとき、倉田さん、と後ろから声をかけられた。

振り返って見ると、赤堀与之助《あかぼりよのすけ》が小走りに近寄ってきた。小者と手先の岡っ引きを連れている。赤堀は、倉田と同じ北町奉行所の定廻り同心である。

南北の奉行所には、それぞれ定廻り同心が六人いる。赤堀はそのひとりだが、彦坂組には顔を出さなかった。それというのも、赤堀は新十郎と同じ吟味方与力の牧原弥七郎《まきはらやしちろう》とつながりが深く、牧原の指図《さしず》で動くことが多かったからである。

「横川さんの件の探索かい」

赤堀がニヤニヤしながら訊いた。

三十がらみ、赤ら顔で鼻梁が高く、妙に赤い唇をしていた。その赤堀の脇に権《ごん》六《ろく》という岡っ引きが立ち、口元に薄笑いを浮かべて駒造と浜吉に目をむけている。岡っ引き同士にも、対抗心があるようだ。

「まァ、そうだ」

倉田は歩調をゆるめたが、足をとめなかった。

「定廻り同心が、斬られちまっちゃァな。町の者に、しめしがつかねえぜ」

赤堀は倉田と肩を並べて歩きながら、揶揄《やゆ》するように言った。

「……………」

倉田はすこし足を速めただけで、何も言わなかった。

「それで、倉田さんたちは、横川さんが扱っていた事件《やま》を調べなおすつもりかい」

赤堀が倉田に睨《ね》めるような目をむけて言った。

「おれたちが、下手人を挙げなけりゃァ、それこそしめしがつかねえからな」

「ごくろうなことだ」

「これも、仕事さ」

倉田は江戸橋を渡り始めた。駒造と浜吉が跟《つ》いてくる。赤堀は橋のたもとで足をとめ、

「せいぜい、横川さんの二の舞いにならねえように、用心することだな」

と、離れていく倉田の背にむかって言った。

倉田たちは赤堀にはかまわず橋を渡り、材木町へ出た。そして、紅葉川沿いを歩き、海賊橋を渡って八丁堀に入った。

「それにしても、やなやろうだ」

八丁堀の通りを歩きながら、駒造が吐き捨てるように言った。

「番所の同心にも、いろいろいるさ」

倉田は、赤堀が横川とうまくいっていなかったことを知っていた。横川が殺される前に何かいざこざがあったらしく、横川をさけているような節さえあったのだ。

「赤堀の旦那も気に入らねえが、権六もそうだ。あのやろう、金になることしか手を出さねえんですぜ」

駒造が吐き捨てるように言った。

「御用聞きも、いろいろいるってことだな」

そんなやりとりをしているうちに、倉田たちは、大番屋のある南茅場町の町筋まで来ていた。倉田の住む組屋敷まで、わずかな距離である。

「旦那、このままお屋敷に帰《けえ》りやすか」

歩きながら、駒造が訊いた。

「まだ、早いな」

陽はいくぶん西の空にまわっていたが、八ツ（午後二時）ごろではあるまいか。まだ、組屋敷にもどるのは早過ぎる。

「どうだ、足を延ばして築地辺りまで行ってみるか」

倉田は、横川と手先が殺されていた道を築地方面にたどって聞き込めば、殺された夜に横川の姿を見た者がいるのではないかと思ったのだ。

「行きやしょう」

駒造が言うと、浜吉もうなずいた。

浜吉は伊助が殺された後、駒造の手先としてよく動いているようだ。

倉田は自分の屋敷には立ち寄らず、そのまま亀島河岸を南に向かい、八丁堀にかかる稲荷橋を渡った。

鉄砲洲稲荷の前を通り、横川と伊助が殺された場所の前まで来たが、その惨劇の痕跡は何も残されていなかった。午後の陽射しのなかを、大勢の通行人が行き交っている。ちかごろ、雨が降らないせいもあって、通りには白い靄《もや》のような砂埃が立っていた。

稲荷の杜の前を通り過ぎ、倉田たちは大川の岸辺へ出た。道は大川沿いにつづいている。通りの左手の先に大川の河口がひろがり、石川島と佃島が川岸に沿って、その姿をくっきりと見せていた。

大川の河口の先には、江戸湊の海原が水平線の彼方まで青一色になってひろがっていた。波間に木の葉のような猪牙舟が見え隠れし、品川沖へむかう大型廻船が青一色の空と海を白い帆で切り裂いていく。

倉田は本湊町につづく船松町まで来て足をとめた。そこに、船松町と佃島を結ぶ渡し場があり、倉田は、腰切半纏に褌《ふんどし》姿の船頭がふたり渡し場から通りへ上がってきたのを目にとめたのだ。

倉田はふたりに近付き、

「おまえたちは、この近くの者か」

と、訊いた。

「へい、この先に住んでいやす」

赤銅色の肌をした大柄の男が、首をすくめながら言った。顔に不安そうな表情が浮いている。無理もない。町方の同心に行く手をふさがれ、いきなり声をかけられたのだ。

「鉄砲洲稲荷のそばで八丁堀の同心が殺されたのだが、話を聞いているかな」

倉田はあえて横川の名を出さなかった。

「聞いてまさァ」

大柄な男は脇に立っている小太りの男に目をむけ、おめえも知ってるな、と小声で言った。すると、小太りの男が、噂は聞いてるぜ、と声をひそめて応えた。

「その晩、八丁堀同心の姿を見かけなかったか。この道を通ったはずなんだが」

倉田は、前に立ったふたりの男に目をやりながら訊いた。

「見てねえなァ」

大柄な男が言うと、小太りの男が、おれも見てねえ、とつづいて言った。

「だれか見た者はいないか」

渡し場にいる船頭なら、近所の住人や渡し船で渡る客とも話すはずなので、噂を耳にすることもあるだろう。

「そういやァ、孫七《まごしち》が、その晩、八丁堀の旦那を見かけたと言ってたな」

大柄な男が言った。

「孫七は船頭か」

「へい、桟橋にいまさァ」

「話を訊きたいのだがな」

「旦那、あっしが呼んできやすぜ」

大柄な男はきびすを返すと、桟橋につづく石段を駆け下りた。

待つまでもなく、大柄な男が五十がらみの船頭らしい男を連れてもどってきた。

「孫七か」

倉田は、前に立った男に訊いた。

「へい、孫七で」

男は首をすくめながら応えた。

「手間をとらせてすまないが、おまえ、八丁堀の同心が殺された晩、それらしい姿を見かけたそうだな」

倉田はおだやかな声で訊いた。船頭たちが気安くしゃべれるように、気を使ったのである。

「へい、見やした」

「見かけたのは、この通りか」

「そうでさァ。殺された旦那と、もうひとり親分らしい男がいやした」

「殺された旦那と言ったが、稲荷のそばで殺されたのは、おまえが見かけたふたりだとはっきりしているのか」

倉田が訊いた。

「へい、翌朝、騒ぎを聞きやしてね。鉄砲洲稲荷まで駆けつけて、死骸《ほとけ》の顔を拝んできたんでさァ。まちがいなく、前の晩に見かけた旦那でしたぜ」

「それなら間違いないが、何刻《なんどき》ごろだ」

「はっきりしねえが、五ツ（午後八時）ごろだったかもしれねえ」

「それで、殺されたふたりを見かけたときのことだが、何か覚えてないかな。近くの物陰に、怪しい人影があったとか、殺されたふたりの後ろを武士が歩いていたとか。何でもいい、気のついたことはないか」

「ふたりが、話しているのを聞きやしたぜ」

孫七が言った。

「なに、話を聞いただと」

思わず、倉田の声が大きくなった。

「へ、へい」

孫七が戸惑うような顔をした。

「覚えてることを話してくれ」

倉田は、下手人を手繰《たぐ》る手掛かりがつかめるのではないかと期待した。

「それが、旦那、切れ切れにしか聞こえなかったんでさァ。ふたりはちょいと離れていたし、川の流れの音がうるさくて……」

孫七が眉宇《びう》を寄せた。

「何でもいい。耳に残っていることを話してくれ」

「分かりやした。……岡っ引きらしい男が、南飯田町と口にしたのが聞こえやした。それに、店にはいねえようだ、とも言いやしたぜ」

「南飯田町の店か」

何を売る店か分からないが、横川たちは南飯田町にある店屋に行ったのかもしれない。

「他に耳にしたことは」

さらに、倉田が訊いた。

「八丁堀の旦那が、猪吉《いきち》の塒《ねぐら》をつかみたい、と言ってやした」

「猪吉の塒か」

どうやら、横川たちは猪吉という男を探して、南飯田町に来たようだ。猪吉が、およしと千次郎の件に何かかかわっているのかもしれない。

「あっしが、覚えているのはそれだけで……」

そう言って、孫七が首をすくめた。

「助かったぜ」

それだけでも、探索が一歩進んだことになる。

倉田たちは孫七たち三人を解放した後、桟橋にいる他の船頭にも訊いたが、横川たちの姿を見かけた者はいなかった。

倉田たち三人は、南飯田町まで足を延ばした。そして、川沿いにある店屋に立ち寄ったり、地元の住人らしい男をつかまえて横川たちのことを訊いたりしたが、探索に役立つような話は聞けなかった。

いつの間にか、陽が西の家並の向こうに沈み、通り沿いの表店の軒下や樹陰に淡い夕闇が忍び寄っていた。

「今日のところは、これまでだな」

倉田は、大川沿いの道を八丁堀にむかって歩きだした。

駒造と浜吉が、すこし肩を落として跟《つ》いてきた。一日中、歩きまわったので疲れたのであろう。


男がひとり、倉田たち三人の半町ほど後ろを歩いていた。棒縞《ぼうじま》の小袖を裾高に尻っ端折りし、手ぬぐいで頬っかむりしていた。遊び人ふうの男である。男はすこし前屈みの格好で歩いてくる。

倉田たちの跡を尾《つ》けているらしい。ときおり、通行人の背後にまわったり、通り沿いの樹陰に身を隠したりして尾けていく。

倉田たちは、背後の男に気付かなかった。やがて、前方に鉄砲洲稲荷の杜が迫ってきた。うすい茜色に染まった夕空に、稲荷の杜が黒くくっきりと浮かび上がったように見えていた。通り沿いの表店は店仕舞いし、大戸をしめてひっそりとしている。通行人はまばらで、淡い夕闇のなかにぽつぽつと黒い人影が見えた。

倉田たちは稲荷の鳥居の前を過ぎ、八丁堀にかかる稲荷橋のたもとまで来た。橋を渡れば、八丁堀である。

尾けてきた男は倉田たちが稲荷橋にむかったのを見ると、路傍に足をとめた。

男は遠ざかっていく倉田の背に目をむけ、

「あいつも、始末しなけりゃァな」

とつぶやいて、きびすを返した。

4

北町奉行所の同心詰所に、男たちが集まっていた。新十郎と倉田たち「鬼彦組」の同心たちである。

新十郎が、声をかけて倉田たちを集めたのだ。横川と伊助が、斬殺されて半月ほど過ぎていた。新十郎は同心たちが探ったことを出し合って、さらに探索の筋道を絞ろうと思ったのである。

「どうだ、何かつかめたか」

新十郎が同心たちに目をむけて訊いた。

「横川さんが殺された日、南飯田町に行っていたらしいことが知れました」

そう言って、倉田が孫七から聞いたことをかいつまんで話し、

「横川さんは、猪吉という男を探していたようです」

と、言い添えた。

「猪吉か。だれか、猪吉という男に心当たりはあるか」

新十郎が一同に訊いた。

つづいて口をひらく者がいなかった。男たちは、首をひねっている。思い当たる男はいないらしい。

「猪吉という男は、横川殺しにかかわっているかもしれん。胸にとめておいてくれ。……他に何かないか」

新十郎が男たちに視線をまわして訊くと、

「それじゃァ、おれから」

と、利根崎がくぐもった声で言った。

「およしが大川で揚がる前の晩のことですが、およしらしい女が駕籠《かご》で連れてこられたのを見かけたやつがいました」

利根崎は四十がらみで、四人も子供がいる。鶴のように痩せていて、面長で顎がとがり、しゃべるとき喉仏《のどぼとけ》がビクビクと動く。

「見かけたのは、だれだ」

「船宿の船頭です」

利根崎は、およしと千次郎の履き物が並べてあったという柳橋の桟橋近くで聞き込めば、ふたりの姿を見かけた者がいるのではないかと思い、柳橋の大川沿いの道を歩いて聞き込んだという。

利根崎は川沿いの店に立ち寄ったり、通りすがりの者をつかまえて訊いたりしたが、ふたりの姿を見かけた者はいなかった。

そうしたおり、利根崎は船宿の脇のちいさな桟橋に船頭がいるのを目にし、桟橋に下りて話を聞いてみた。すると、船頭が、「たしか、相対死の死骸《ほとけ》が揚がった前の晩でしたよ。桟橋の近くで、おかしな駕籠を見かけやした」と口にした。

駕籠を見かけたのは、およしと千次郎の履き物が並べてあった桟橋から半町ほど離れた大川端だったという。ふたりの遊び人らしい男が、駕籠からおよしらしい娘を無理に連れ出し、桟橋の方へ連れていったそうだ。

「連れていったのは娘だけで、千次郎らしい男はいなかったのか」

新十郎が訊いた。

「遊び人らしい男のひとりが、千次郎だったのかもしれません。船頭が目にしたのは、それだけで、いまのところ、何とも言えませんが……」

「それだけでは、女がおよしかどうかはっきりしないな。ただ、およしなら、ふたりの遊び人らしい男が相対死を装って、桟橋から突き落としたとも考えられる」

新十郎が虚空に視線をむけて黙考していると、

「彦坂さま、どうしたものかと迷っているのですが」

田上与四郎が、低い声で言った。

田上は三十代半ば、面長で眉が濃く、眼光がするどかった。剽悍《ひょうかん》そうな面構えである。まだ、臨時廻り同心になって二年目だったが、臨時廻り同心になる前、定廻り同心を長く務めていたので捕物の経験は豊富だった。

「何を迷っているのだ」

新十郎が訊いた。

「吟味方の牧原さまから、一月ほど前に捕らえた盗人の久蔵《きゅうぞう》を洗いなおしてくれ、と言われましてね。横川さんの件だけにかかわっていられなくなりまして、どうしたものかと……」

田上が、困惑したような表情を浮かべた。

「久蔵は、すでに吐いてると聞いたぞ。それに、わずか、二分ほどかすめたこそ泥ではないか」

新十郎が驚いたような顔をして言った。

久蔵は、八百屋の親爺が店先から離れた隙に店のなかに入り込み、奥の銭入れのなかから銭をつかみだした。そのとき、親爺の女房が座敷から店に出てきて、銭をつかんで逃げる久蔵を目にし、「盗人だ! つかまえて」と大声を上げた。

その声を聞いた通りすがりの男が三人で久蔵を取り押さえ、番屋へ突き出したのだ。

「牧原さまから、久蔵のようなやつには仲間がいて、ほかにも盗みを働いているはずだから、仲間を割り出して捕らえてくれ、といわれました」

「うむ……」

新十郎は、牧原の指図を無視しろとは言えなかった。捕物にかかわる同心の多くを、新十郎だけで使うわけにはいかなかった。そんなことをすれば、他の吟味方与力や同心たちにそっぽをむかれ、ここに集まった同心たちの立場もなくなるだろう。

「田上、仕方がないな。しばらく、久蔵の身辺を洗ってみろ。ただ、何も出てこないかもしれんぞ」

「わたしも、そう思います。……久蔵のようなやつは、仲間と組んで盗みに入るようなやつじゃァねえんだ」

田上の物言いが、急に伝法になった。怒りが胸に衝き上げてきて、ふだん巡視のときに遣っている言葉が出たようだ。

「まァ、久蔵の身辺を洗う合間に、横川さんの件も探ってみてくれ」

「承知しました」

田上がうなずいた。

それから、高岡、根津、狭山も、これまでの探索の様子を話したが、下手人を手繰《たぐ》る手掛かりになるような内容はなかった。

同心たちの話が一段落したところで、

「さて、これからどうするかだが、いまのところ、およしと千次郎の件を洗うより手はなさそうだ」

新十郎が一同に視線をむけて言った。

「まず、猪吉を捜してみろ。横川と伊助が殺された件に、かかわっているようだ。南飯田町のどこかに、塒があるのかもしれん」

「承知」

倉田が言うと、他の同心たちもうなずいた。

「それに、千次郎だ。浅草を探れば、正体が知れるかもしれん。千次郎から手繰れば、何か出てくるはずだ」

「お、おれが、やる」

ふいに、狭山が言った。声をつまらせ、顔が赤みを帯びていた。ふだんのつぶやくような声でなく、急に大きな声を出したせいらしい。

「千次郎の件は、狭山に頼もう」

新十郎が言うと、

「……おれが、千次郎を洗い出してやる。なに、諏訪町界隈を当たれば、何か出てくるはずだ」

と、狭山が独り言のようにつぶやいた。いつもの物言いになったせいか、顔の紅潮もうすれている。

「それからな、もうひとつ、探ってもらいたいことがあるのだ」

新十郎が声をあらためて言うと、一同の視線が新十郎に集まった。

「およしは身籠もっていたそうだが、その腹の子の胤《たね》はだれかということだ。およしを身籠もらせた相手をつきとめれば、何か見えてくるような気がするのだがな」

「駿河台にある大久保家を探ってみるしか手はないような気がしますが」

倉田が言った。

「だが、相手は御側衆だ。町奉行所のおれたちが、近寄れるような屋敷ではないぞ」

「……………」

倉田をはじめ集まった同心たちは、硬い表情をして口をつぐんだ。相手は、近寄ることもできない雲の上のような存在である。たとえ、悪事にかかわっていることが分かっても、十手をむけることもできないだろう。

「まァ、大久保家で奉公している中間にでも、それとなく訊いてみるしかないな」

新十郎が、渋い顔をして言った。

5

……ここらで、訊いてみるか。なに、名が分かってるんだ。すぐに、嗅ぎ出せるだろうよ。

狭山は胸の内でつぶやきながら、通りに目をやった。

そこは、諏訪町の大川端沿いの通りである。狭山は、千次郎が土左衛門になって大川で揚がる前まで、諏訪町の長屋に住んでいたと聞いて来ていたのだ。

狭山はひとりだった。しかも、八丁堀ふうの格好ではなく、黒羽織に袴姿で二刀を帯びていた。軽格の御家人ふうである。これが、新たな地で聞き込みを開始するときの狭山の格好だった。様子が見えてくるまでの間、その地の住人たちに町方同心が探索に来たことを知られないようにしたのである。下手人が先に気付けば、捕縛に向かう前に逃げられる恐れがあったからだ。

「あの八百屋で訊いてみるか」

狭山は通り沿いにある小体《こてい》な八百屋を目にとめた。

店先に青菜、葱《ねぎ》、牛蒡《ごぼう》、それに笊《ざる》に入った豆類などが並んでいた。店先にはだれもいなかったが、留守ということはないだろう。

店先に近付くと、奥に置いてある漬物樽の脇に親爺がいた。捩《ね》じり鉢巻きで、前だれをかけている。

「ごめんよ」

狭山が声をかけた。

親爺が、いらっしゃい、と声を上げて愛想笑いを浮かべたが、その笑いがすぐに消えた。戸口に立っている狭山の姿を見て、客ではないと気付いたらしい。

それでも、親爺は腰をかがめて戸口まで出てくると、

「何かご用でしょうか」

と、揉み手をしながら訊いた。相手が武士とみたせいか、言葉遣いがやけに丁寧である。

「親爺、つかぬことを訊くが、この辺りに千次郎という男が住んでいたと聞いてきたのだがな」

この辺りかどうか分からなかったが、狭山はそう訊いたのである。

「千次郎ですか」

親爺は首をひねった。分からないらしい。

「だいぶ前ことだが、薬研堀《やげんぼり》ちかくの桟橋で、相対死の男と女が揚がったのだ。その話を聞いていないか」

「聞いてますが」

「その男が、千次郎なのだ」

「聞いた覚えがございます。……お侍さまは、千次郎と何かかかわりがあるんで

しょうか」

　親爺が訝《いぶか》しそうな顔をして訊いた。御家人ふうの男が、町人の相対死など持ち出し、死んだ男のことを訊いたからであろう。

「実はな、千次郎ではなく相手の娘と縁があるのだ。まァ、縁といってもわしではなく、わしが奉公している屋敷の殿がな。……その娘は、奥女中として屋敷で奉公してたことがあるのだ」

　狭山が声をひそめて言った。すこし間延びした、いつものつぶやきのような言いまわしである。大久保の名まで出せなかったので、曖昧な言いまわしになったのだ。

「へえ、奥女中ですか……」

　親爺は、分かったような分からないような顔をしたが、それ以上娘のことは訊かなかった。

「ところで、千次郎だ。この近くに住んでいたのか」

　狭山が声をあらためて訊いた。

「てまえも、噂を小耳にはさんだだけでしてね。千次郎が、どこに住んでいたのか知らないんです。……たしか、駒形町近くの長屋だと聞いたような覚えがありますが」

親爺が首をひねりながら言った。はっきりしないのであろう。

「なんという長屋だ」

「さァ、長屋の名までは聞いてませんが」

「駒形町の近くだな」

「そう聞いてます」

親爺は、その場から離れたいような素振りを見せた。店先に長屋の女房らしい女が近寄って、青菜に目をやっていたからである。

「邪魔したな」

そう言い置いて、狭山は店先から離れた。

狭山は駒形町近くまで行ってみようと思った。駒形町は諏訪町の隣町で、大川沿いの道を川上にむかって歩けば、すぐである。

大川沿いの道をしばらく歩くと、前方の家並の先に駒形堂が見えてきた。狭山は通り沿いの表店に目をやりながら歩いた。話の訊けそうな店がないか探したのである。

適当な店はなかったが、こちらに向かってくるぼてふりを目にとめた。盤台を担ぎ、向こう鉢巻きで両脛をあらわにしていた。威勢がよそさうな若い男である。

狭山はぼてふりに近寄り、

「しばし、待て」

と、声をかけた。

「な、なんでえ、いきなり、前に立って」

若い男は、驚いたような顔をして立ちどまった。顔を紅潮させ、足踏みしている。武士である狭山に対しても、物怖《ものお》じした様子はなかった。

「手間はとらせぬ。訊きたいことがあるのだ」

「な、何を訊きてえんだい」

男は、まだ足踏みをやめなかった。

「おまえ、千次郎という男を知らんか。この辺りに住んでいた男だ」

狭山は千次郎の名を出した。

「千次郎だと。何をしてる男だい」

「何をしてたかは知らぬが、薬研堀ちかくの桟橋に娘といっしょに土左衛門で揚がった男だ」

「ああ、あの千次郎か」

「思い出したようだな」

「お侍さまは、八丁堀の旦那ですかい」

男が足踏みをやめて訊いた。狭山のことを町奉行所の同心と思ったようだ。隠密廻り同心など、八丁堀ふうの格好をしないで聞き込みにまわる者もいるので、そう思ったのかもしれない。

「そうではないが、娘と縁のある者でな。それで、千次郎の住んでいた長屋は知らぬか」

「やつは、この先の伝兵衛店《でんべえだな》に住んでたと聞いてやすぜ」

「この先とは、どこだ」

「一町ほど行くと、船宿がありやす。その前の路地を入《へえ》ると、すぐでさァ」

男が大川の上流の方を指差して言った。

「船宿な」

「旦那、あっしは行きやすぜ」

男はそう言い残し、小走りに離れていった。

6

船宿はすぐに分かった。ぼてふりが言ったとおり、船宿の向かいに細い路地があった。小体な店や表長屋などがごてごてとつづく裏路地である。

路地に入って半町ほど歩くと、小体な下駄屋の脇に長屋へつづく路地木戸があった。下駄屋の親爺に訊くと、伝兵衛店とのことだった。

……まず、長屋の者に訊いてみるか。

狭山は、長屋の住人に訊くのが手っ取り早いと思ったのだ。

路地木戸をくぐった先に長屋の井戸があった。女房らしい女が、ふたり井戸端でおしゃべりをしていた。ふたりとも手桶を脇に置いている。水汲みに来て顔を合わせ、おしゃべりを始めたらしい。

狭山はふたりに近付くと、

「つかぬことが訊くが、長屋の者かな」

と、声をかけた。見ただけで、長屋の女房と分かったが、そう切り出したのである。

「そうですけど、お侍さまは」

色の浅黒い丸顔の女が、驚いたような顔をして訊いた。いきなり、棟割り長屋に武士が入ってきて、長屋の者かと訊かれれば驚いて当然だろう。

「なに、たいした用ではないのだ。わしは、さる旗本に奉公しておるのだが、千次郎という男のことで訊きたいことがあって参ったのだ」

狭山は口元に笑みを浮かべて言った。

「千次郎ですか」

丸顔の女は警戒するような顔をして、脇に立っている女に目をやった。もうひとりは、色白だが、でっぷり太っている。

「千次郎は、もういませんよ。死んでしまいましたからね」

でっぷり太っている女が、顔に嫌悪の色を浮かべて言った。丸顔の女も、顔をしかめている。千次郎は、長屋の住人に嫌われていたのかもしれない。

「千次郎が亡くなったことは知っておるのだ。相対死らしいな。薬研堀近くで揚がったと聞いているが」

「そうですよ」

丸顔の女が、いぶかしげな目をして狭山を見た。狭山が、何者なのか見極めようとしているようである。

「実は、わしは千次郎といっしょに死んだ娘と縁のある者なのだ。そのほうたちも耳にしていると思うが、娘はさる旗本の屋敷に奥奉公に出ていたのだ。わしも、その旗本に奉公しておる。……それでな、殿に、千次郎とは、どんな男か、調べてこい、と言われ、こうして、訪ねてきたしだいだ」

狭山は適当な作り話をした。

「そうでしたか」

丸顔の女が言うと、でっぷり太った女もうなずいた。納得したのかもしれない。

「それで、千次郎はどんな男だったのだ。ふたりとも死んでいるのでな、何を話してもかまわんだろう」

「千次郎は、ひどい男なんですよ。働きもしないで、日中から盛り場でぶらぶしてるんですからね。若い娘《こ》を騙して金を脅しとったり、女郎屋にたたき売ったり、あいつに泣かされた娘は何人もいるんですからね」

丸顔の女が口火を切って口をとがらせてまくし立てた。すると、もうひとりの女も、千次郎のワルぶりを並べ立てた。

ふたりの女の言うとおりなら、千次郎は手のつけられない悪党で、長屋の住人の鼻摘み者だったのだろう。

「すると、いっしょに死んだ娘は、千次郎に騙されたのかな」

狭山が、ふたりの女のおしゃべりを遮るようにして訊いた。

「娘さんが、どうして千次郎といっしょに死んだかは知りませんけど、あいつは、相対死なんて粋なことをする男じゃァないですよ。騙した女を女郎屋に売り飛ばして、その金で吉原の女を抱きにいくようなやつなんだから」

丸顔の女が、むきになって言った。

「娘はおよしという名だが、千次郎からおよしという名を聞いたことがあるかな」

狭山が訊いた。

「ありませんよ。あたしね、千次郎が亡くなる二日前に、浅草寺の境内で通りかかりの娘に声をかけてたのを見たんです。その男が、二日後にお旗本のお屋敷に奉公に出るような娘さんと相対死するわけがないですよ」

丸顔の女が怒ったような口吻《くちぶり》で言うと、もうひとりの女が、そうですよ、と相槌を打った。

「ふたりの言うとおりかもしれんな」

狭山も、およしは千次郎と相対死したのではないと確信した。とすると、横川が睨んだとおり、何者かが相対死に見せかけておよしを殺したことになるが――。

「ところで、ここに、八丁堀同心が調べに来なかったか」

狭山は、横川がこの長屋にも聞き込みに来たのではないかと思ったのだ。

「来ましたよ」

「やはり、来たか。それで、何を訊いていった」

「留《とめ》さんに会って、いろいろ訊いてたみたいですよ」

ふたりの女房によると、横川らしい同心が何人かの長屋の住人に話を訊いたという。そして、船頭をしている留吉《とめきち》が、千次郎のことにくわしいことを耳にし、留吉に会って話を訊いたそうだ。

「留吉は、どこへ行けば会えるのだ」

狭山も留吉から話を訊いてみたいと思った。

「長屋にいますよ」

「いるのか」

「ええ、石段から落ちたらしくてね。腰が痛いといって、長屋でくすぶってますよ」

「どの家だ」

「あたしが、呼んできてやるよ」

「おい、留吉は腰が悪いんじゃァないのか」

「もう治りかけててね。今朝も、井戸端で顔を洗ってましたよ」

そう言い残し、丸顔の女が手桶をその場に残したまま下駄を鳴らして小走りに長屋にむかった。

待つまでもなく、丸顔の女が小柄な男を連れてもどってきた。男は四十がらみであろうか。船頭らしく、陽に灼けた赤銅色の肌をしていた。腰を左手で押さえ、ゆっくりした足取りで歩いてくる。

「留吉か」

狭山が訊いた。

「へい、おとみに聞きやした。千次郎のことで、お知りになりたいことがあるそうで」

留吉が首をすくめながら言った。丸顔の女の名はおとみらしい。ここに来るまでの間に、おとみが狭山のことを話したのだろう。

「八丁堀の同心がここに来て、千次郎のことを訊いたそうだな。実は、わしはその同心と懇意にしていてな。横川どのという名ではなかったか」

狭山は横川の名を出した。

「たしか、いっしょにいた親分が、横川の旦那と言ってやした」

親分は、殺された伊助であろう。

「やはりそうか。それで、横川どのに何を訊かれたのだ」

「猪吉のことでさァ」

「なに、猪吉だと」

思わず、狭山の声が大きくなった。倉田の話によると、横川は猪吉の塒を探すために、南飯田町に行ったはずだ。

「留吉、おまえ、猪吉のことを知っているのか」

「知ってるってほどじゃァねえんですが、二、三度あっしの舟で南飯田町まで送ったことがあるんでさァ」

「南飯田町に運んだのか」

さらに、狭山の声が大きくなった。ふたりの女房も、驚いたような顔をして狭山の顔を見つめている。

「へい、千次郎に頼まれやしてね。ふたりを、駒形堂の近くの桟橋から舟に乗せて南飯田町まで連れていったんでさァ。歩くと遠いが、舟で行きゃァすぐでしてね」

「千次郎と猪吉は、どんなかかわりがあるのだ」

狭山は、ふたりはただの遊び仲間ではないような気がした。

「くわしいことは知らねえが、千次郎は、猪吉のことを兄いと呼んでやしたぜ。岡場所か賭場かで、知り合ったのかもしれねえ」

「それで、ふたりは南飯田町のどこへ行ったんだ」

狭山は、ふたりの行き先が知りたかった。倉田が行き先をつきとめようとしているが、まだ、これといった手掛かりはないらしいのだ。

「舟を漕いでいるときに、ふたりで話してるのを耳にしやしたが、小料理屋へ行くような話しぶりでしたぜ。店の名は、ツル屋だったか、ツタ屋だったか……」

留吉が、語尾を濁した。店の名ははっきりしないらしい。

……それだけ知れれば、つきとめられる。

と、狭山は踏んだ。

猪吉たちが向かった先は南飯田町にある小料理屋で、店の名はツル屋かツタ屋である。

留吉によると、猪吉は二十七、八で、痩せているという。顔は面長で目が細く、肉をえぐりとったように頬がこけているそうだ。

「手間をとらせたな」

狭山は留吉とふたりの女房に礼を言ってその場を離れた。

第三章　待ち伏せ

1

倉田と狭山は鉄砲洲、本湊町の大川沿いの道を歩いていた。ふたりの後ろから、駒造と浜吉、それに狭山の手先の甚八《じんぱち》という男がついてくる。甚八は狭山に手札をもらっている老練の岡っ引きである。

倉田たちは、南飯田町へ行くつもりだった。まず、小料理屋のツル屋かツタ屋を探し、猪吉の所在を確かめるのである。倉田は猪吉がいれば、その場で捕らえてもいいと思っていた。

狭山は、浅草、諏訪町の伝兵衛店で話を聞いた翌朝、北町奉行所の同心詰所で、つかんできたことを倉田に伝えた。倉田が、南飯田町へ出かけて猪吉の行方を探っていることを知っていたからである。

倉田は狭山から話を聞くと、

「すぐに、南飯田町へ出かけて猪吉を押さえましょう」

と言って、腰を上げた。

倉田の胸の内には、猪吉を捕らえて吟味すれば、横川殺しの下手人の正体が見えてくるとの思いがあったのだ。狭山も承知し、ふたりして南飯田町にむかったのである。

薄曇りで、風があった。大川の川面とそれにつづく江戸湊の海原が重い鉛色にひろがり、無数の波頭が白い縞模様を刻んでいた。河口付近に大型廻船が碇《いかり》を下ろしていたが、ふだんより船影はすくなかった。数艘の猪牙舟《ちょきぶね》と一艘の艀《はしけ》が波の起伏に浮き沈みしているのが、見えるだけである。

「横川さんは、猪吉を捜しに南飯田町へ行ったということですね」

倉田が声を大きくして言った。

大川の汀《みぎわ》に打ち寄せる波音と川面を渡ってくる風音とで、大きな声でないと聞き取れないのだ。

「そのようだ」

狭山の声も大きかった。いつものつぶやくような声ではない。

「まず、小料理屋から探しますか、ツタ屋かツル屋でしたね」

「南飯田町あたりに、小料理屋はそれほどあるまい」

飲み屋や小料理屋などの多い繁華街はないはずである。

そんな話をしながら、倉田たちは掘割にかかる明石橋のたもとまで来た。橋を渡れば、南飯田町である。

「どうです、南飯田町に入ったら別れませんか。五人もで雁首をそろえてぞろぞろ歩きまわっていたら、人目を引きます」

「そうしよう」

狭山もすぐに同意した。

倉田たちは明石橋を渡って南飯田町へ入ると、路傍に足をとめ、二刻（四時間）ほどしたら、橋のたもとで会うことを約して別れた。ふだん、聞き込みにまわっているときと同じように駒造と浜吉は倉田にしたがい、甚八は狭山について行くことになった。

飯田町の町筋をしばらく歩くと、

「旦那、ここらで聞いてみやすか」

と、駒造が倉田に声をかけた。

　表通りらしかったが、大店はすくなかった。小体な店が多く、縄暖簾《なわのれん》を出した飲み屋や一膳めし屋など飲み食いのできる店もあるようだった。

「そうだな」

　倉田は通りに目をやり、

「おれは、あそこにある下駄屋で訊いてみるが、三人もで行くことはあるまい」

と、前方を指差して言った。

「あっしは、一膳めし屋で訊いてみやす。旦那は、浜吉を連れてってくだせえ」

　そう言って、駒造が浜吉の背中を押した。倉田をひとりにして、自分が子分を連れていくわけにはいかなかったのだろう。

「よし、浜吉、いっしょに来い」

　倉田は浜吉をつれて下駄屋にむかった。

　店先に綺麗な鼻緒の駒下駄、吾妻下駄、ぽっくりなどが並び、ふたりの町娘が下駄を手にして品定めするように見ていた。店の奉公人らしい若い男が、下駄を手にしたふたりの娘に話しかけている。

　倉田は浜吉を連れて店先まで来た。店のなかを覗くと、奥に狭い畳敷きの間があり、帳場机を前にして、店のあるじらしい男が算盤をはじいていた。

若い男とふたりの町娘は驚いたような顔をして、倉田を見つめていた。突如、八丁堀同心があらわれ、店先に立ったのだから驚いて当然である。

「なに、てえしたことじゃァねえんだ」

倉田は若い男とふたりの娘にくだけた物言いで声をかけ、若い男の脇から店に入った。浜吉は黙って跟《つ》いてきた。

算盤をはじいていた男は倉田の顔を見ると、顔をこわばらせて立ち上がり、慌てた様子で框《かまち》近くに出てきた。

「だ、旦那、何かご用でしょうか」

男が震えを帯びた声で訊いた。いきなり八丁堀同心が店に入ってきた驚きと不安とで声が震えたのであろう。

「あるじか」

「はい、あるじの清兵衛《せいべえ》でございます」

「つかぬことを訊くが、この辺りにツル屋かツタ屋という小料理屋はないか」

曖昧だが、他に訊きようがなかったのである。

「ツル屋か、ツタ屋ですか……」

清兵衛が、記憶をたどるように首をかしげた。顔からこわばった表情が消えている。たいした用件ではないと分かったせいらしい。

「……蔦屋《つたや》ならありますが」

清兵衛が、小声で言った。

「蔦屋か。それで、その店はどこにある」

倉田が訊いた。

「ですが、蔦屋は店をしめてしまいましたよ」

「なに、店をしめたのか」

「はい、しめたのは二十日ほど前でしょうか。蔦屋さんの前を通りかかると、表戸をしめて貼り紙がありましてね。出入りできないように、戸口に板が打ち付けてありますよ」

「二十日ほど前か」

横川と伊吉が殺されてから五、六日後ということになる。

「蔦屋はどこにあるのだ」

倉田は、ともかく蔦屋まで行ってみようと思った。

「この通りを南に二町ほど行きますと、二階建ての太物問屋がございます。その斜前《はすまえ》が蔦屋さんですから、すぐ分かりますよ」

「手間をとらせたな」

そう言い置いて、倉田は下駄屋を出た。

倉田は浜吉を連れて表通りを南にむかった。太物問屋はすぐに分かった。通りでは目を引く大店だったのである。

「旦那、あれが蔦屋ですぜ」

浜吉が斜向かいを指差した。

見ると、小料理屋らしい小体な店があった。下駄屋のあるじが言ったとおり、表戸の上に板を斜交《はすか》いに当てて打ち付けてある。

「どういうことだ」

倉田は、肩透かしを食ったような気がした。猪吉が店にいたかどうか分からないが、うまく逃げたものである。

倉田と浜吉が路傍に立って蔦屋に目をやっていると、駒造が駆け寄ってきた。

「だ、旦那たちも、ここへ……」

駒造が声をつまらせて言った。走ったせいで、息が上がったらしい。

「下駄屋で訊いたらすぐに分かったのだ」

「あっしも、一膳めし屋の親爺に訊いてきてみたんでさァ」

「この店が蔦屋だ」

「しまってやがる。きっと、町方の手がまわる前《めえ》に逃げたんですぜ」

駒造が目を瞋《いか》らせて言った。

「そのようだな。……ともかく、近所で聞き込んでみるか。引っ越し先と、猪吉が店にいたかどうかもな」

「へい」

倉田たち三人がその場を離れようとしたとき、通りの先に狭山と甚八の姿が見えた。倉田たちの姿を見たらしく、慌てた様子で小走りにやってくる。狭山たちも、蔦屋がここにあることを聞いたのだろう。

2

倉田や狭山たちは、蔦屋のある通りに散って聞き込んだ。一刻（二時間）ほどして、ふたたび蔦屋の前に集まってそれぞれから話を聞くと、だいぶ様子が知れてきた。

蔦屋はおれんという年増が女将《おかみ》で、酌婦がひとり、それに板場に初老の磯八《いそはち》という男がいたという。

猪吉は、おれんの情夫《いろ》だったらしい。近所の住人たちの話から分かったのだが、猪吉という名の男は常連客で、ときどき店に泊まることがあったというのだ。

なぜ、突然、蔦屋は店をしめたのか。店は盛っていたようなので、近所の者にも店仕舞いした理由は分からないという。

「町方の手から逃れるために、姿を消したとしか考えられませんね」

倉田が言うと、

「それにしても、手が早い」

狭山が腑に落ちないような顔をして首をひねった。

「たしかに、手まわしがよすぎますね」

横川と伊助を殺して、五、六日後には店仕舞いして姿をくらましたことになる。

それに、猪吉だけでなく、女将から酌婦まで姿を消したのだ。

「それに、猪吉のことで気になることを聞いたのだがな」

狭山が急に声を落として言った。

「なんでしょう」

「猪吉は、遊び人のような暮らしをしてたらしいが、三年ほど前まで米問屋の船頭をしてたそうだよ」

「米問屋というと、富沢屋か」

富沢屋はおよしの家である。

「富沢屋ではない。伊勢町の越前屋だそうだ」

「越前屋だと。どういうことだ」

およしが大久保家の奥女中に行く前、口をきいたのが越前屋である。

……越前屋も、事件にかかわっているのか。

偶然にしては、でき過ぎている。倉田は、猪吉がどこかで越前屋とつながっているような気がした。ともかく、越前屋も探ってみる必要がありそうだ。

「今日のところは、引き揚げますか」

狭山が西の空に目をやって言った。空をおおっていた雲が薄くなり、西の空の薄雲の隙間から淡い陽が射していた。薄雲が茜色に染まっている。まだ、陽は沈みきってないようだが、そろそろ暮れ六ツ（午後六時）の鐘が鳴るだろう。

倉田たち五人は、南飯田町の表通りを明石橋にむかって歩いた。来た道をたどって、八丁堀に帰ろうと思ったのである。

狭山は歩きながら、まったく、猪吉のやつ、手間をかけさせやがる。……八丁堀を嘗《な》めてるな、無駄足を踏ませやがって、などとぶつぶつとつぶやいている。

倉田は胸の内で、また、狭山さんのいつものぼやきが始まったか、と思っただけで、何も言わなかった。

駒造と浜吉も、狭山のぼやきが始まったとき、顔を見合わせて薄笑いを浮かべたが、すぐに表情を消した。浜吉はともかく、駒造は狭山が町方同心のなかでも切れ者であることを知っていたのだ。狭山のぼやきは、愛嬌である。

倉田たちが明石橋を渡って明石町へ出たとき、暮れ六ツの鐘が鳴った。西の空の雲を染めていた陽の色は薄れ、上空の雲は黒ずんでいた。樹陰や家の軒下などに、淡い夕闇が忍び寄っている。遠近《おちこち》から、パタパタと表戸をしめる音が聞こえてきた。通り沿いの店が店仕舞いを始めたらしい。

風が、来たときよりも強くなっていた。江戸湊の海原《うなばら》を渡ってきた風が、ヒュウヒュウと物悲しい音をたてて吹き抜けていく。海原に無数の白波が立ち、次々に岸辺へ打ち寄せてくる。その波音と風音が、耳を聾《ろう》するように聞こえてきた。

倉田たちは十軒町へ出た。前方右手の大川の川面に、佃島が辺りを圧するように黒くひろがっていた。巨大な獣でも伏しているような不気味さがある。

通りに人影はなかった。ときおり、居残りで仕事をしたらしい職人らしい男や仕事帰りに一杯ひっかけたらしい船頭などが、足早に通りかかるだけである。

「おい、後ろからだれか来るぞ」

ふいに、狭山が低い声で言った。

見ると、半町ほど後ろに、ふたりの男の姿が見えた。ふたりとも黒っぽい布で頬っかむりしていた。ひとりは武士である。小袖に袴姿で二刀を帯びていた。もうひとりは町人だった。棒縞《ぼうじま》の小袖を裾高に尻っ端折りし、両脛が淡い夕闇のなかに白く浮き上がったように見えた。すこし前屈みの格好で、足早に歩いてくる。

……横川さんたちを襲ったふたりではないか！

と、倉田は思った。

倉田だけではない。狭山も手先の駒造たちも、そう思ったようだ。こわばった顔で、何度も背後に目をやっている。

……だが、相手はふたりだ。

倉田は、ふたりが襲ってくるとは思わなかった。いかに腕が立とうと、こちらは五人である。しかも、刀を帯びた八丁堀同心がふたりいる。

倉田たちは、すこし足を速めた。背後のふたりも足を速めたらしく、間は離れなかった。

十軒町を過ぎ、船松町に入った。通りはしだいに寂しくなり、道沿いの店や民家がまばらになってきた。すこし離れた砂浜沿いには松林や雑木林などがひろがり、空き地や笹藪などが目立つようになった。ただ、数町先には、店屋や民家などの家並がつづいていた。そこまで行けば、佃島への渡し場も近いはずである。

倉田たちの足はさらに速くなった。家並のつづく辺りまで行けば、襲ってくるようなことはないはずだ。

「前にもいる！」

ふいに、浜吉が引き攣《つ》ったような声を上げた。

道沿いの笹藪の陰から男が三人、通りに出てこちらに向かって歩きだした。三人とも頬っかむりして、顔を隠していた。武士がひとり、遊び人ふうの町人がふたり。

「おれたちを襲う気だ！」

狭山が震えを帯びた声で言った。狭山の剣の腕は十人並である。

「だ、旦那、どうしやす」

駒造が目をつり上げて訊いた。駒造の顔にも恐怖の色があった。駒造の胸に、斬殺された横川と伊助のことがよぎったにちがいない。

「逃げられん！」

前方から三人、後ろからふたり。挟み撃ちである。おそらく、倉田たちがこの道を通ると読んで、仕掛けてきたのだ。

倉田たちも五人、相手も五人だった。しかも、同じように武士がふたりで、三人が町人である。

倉田はすばやく前後から来る五人に目をやった。背後からの武士は中背で、前からの武士は大柄だった。ふたりとも牢人かもしれない。小袖に袴姿だが、身辺に荒《すさ》んだ雰囲気がただよっていた。

倉田はあらためて背後からの中背の武士に目をやったとき、

……遣い手だ！

と察知し、背筋を冷たい物で撫でられたような気がして身震いした。

中背の武士は腰が据わり、隙がなかった。身辺から鋭い剣気をはなっている。

倉田は三人の町人にも目をやった。いずれも、前屈みの格好で小走りに迫ってくる。懐に、匕首でも呑んでいるにちがいない。三人の身辺には、獲物に迫る野犬のような雰囲気があった。

……勝てぬ！

と、倉田は踏んだ。

相手の五人はそれぞれ腕が立ち、倉田たちに勝てるとみて同人数で襲ってきたにちがいない。逃げることもできなかった。ひとりかふたりは逃げられても、何人もが犠牲になるだろう。だが、このまま五人を相手にすれば、皆殺しになるかもしれない。

倉田が迷っている間にも、五人の男は前後から迫ってきた。

3

……助けを呼ぶしかない！

と、倉田は思った。

「浜吉！　この場から逃げろ」

倉田が強い声で言った。

「で、でも、おれひとりで逃げられねえ！」

浜吉は声をつまらせ、戸惑うように顔をゆがめた。

「逃げるだけではない。渡し場に船頭がいる。そいつらを呼んでくるんだ」

倉田は、浜吉が三人の手先のなかで一番足が速いとみたのだ。

「に、逃げられねえ！」

前方から三人が迫ってきた。浜吉は三人を突破できないと思ったようだ。

「みんな、武器を手にしろ！　おれといっしょに走るんだ」

言いざま、倉田は抜刀した。

一瞬、狭山や手先たちは逡巡《しゅんじゅん》するような顔をしたが、倉田が抜刀したのを見て、狭山も刀を抜いた。駒造、甚八、浜吉の三人は懐から十手を取り出した。いずれの顔もこわ張っている。

「走れ！」

叫びざま、倉田は八相に構え、前から来る三人にむかって疾走した。つづいて、狭山や駒造たちが走りだした。

イヤアッ！

倉田は走りながら鋭い気合を発した。敵を威圧し、味方を鼓舞するためである。

すると、狭山や駒造たちまでが刀や十手を振り上げ、気合とも悲鳴ともつかぬ喊《かん》声を上げて走った。

前から来た三人の男は、ギョッとしたように足をとめた。いきなり、倉田たちが刀や十手を手にして駆け寄ってきたので、驚いたようである。

だが、三人とも身を引くようなことはなかった。その場に立ったまま、

「斬れ！　ひとり残らず、斬れ！」

と大柄な武士が叫んで抜刀すると、ふたりの町人も懐から匕首を抜いて身構えた。迎え撃つつもりである。

かまわず、倉田は大柄な武士にむかって突進した。倉田は中西派一刀流の遣い手だけあって、走っても八相の構えに揺れがなかった。腰も据わっている。八相に構えた刀身が、夕闇を切り裂いていく。

「こい！」

大柄な武士が胴間声を上げて、切っ先を倉田にむけた。

……こやつも、遣い手だ！

と、倉田は察知した。

大柄な武士は青眼に構えていた。どっしりと腰が据わっている。大柄な体とあいまって、巨岩のような迫力があった。

ただ、やや剣尖《けんせん》が浮いて倉田の目線からはずれていた。気の昂《たかぶ》りで、肩に力が入っているのだ。

倉田は八相に構えたまま一気に大柄な武士に迫った。すぐ後ろに、浜吉がついている。

と、大柄な武士の剣尖が揺れた。倉田の構えの威圧と果敢な寄り身に圧倒されたのかもしれない。この一瞬の隙を、倉田がとらえた。

タアッ！

鋭い気合とともに、走りざま斬り込んだ。

八相から袈裟へ。一閃の白光が稲妻《いなずま》のようにはしった。

咄嗟《とっさ》に、大柄な武士は刀身を振り上げて、倉田の斬撃を受けた。

キーン、という甲高い金属音がひびき、青火が散って、ふたりの刀身が上下にはじき合った。次の瞬間、大柄な武士が後ろによろめいた。倉田の強い斬撃に押されて腰がくだけたのである。

倉田は、よろめいた武士に身を寄せて二の太刀をふるえば、斬れたかもしれない。だが、倉田は二の太刀をふるわず、その場で反転し、匕首を手にした男にむかって斬り上げた。一瞬の体捌《たいさば》きである。倉田は、男が浜吉に匕首で斬りかかろうとしているのを目の端にとらえたのだ。

ギャッ！

という絶叫とともに、匕首が男の手から虚空へ飛んだ。男の着物の右袖が裂け、あらわになった肌から血が噴いた。倉田の切っ先が、男の二の腕をとらえたのである。

男はひき攣《つ》ったような顔をして後じさった。

「走れ！　浜吉」

倉田が叫んだ。大柄な武士と町人のひとりが身を引き、前があいたのである。

「へ、へイ！」

浜吉が、脱兎のごとく駆けだした。

逃げる浜吉を追う者はいなかった。もうひとりの町人は、駒造の前に立って匕首をむけていた。

一方、倉田や狭山たちには、逃げる間がなかった。大柄な武士はすぐに体勢をとりなおして行く手に立ちふさがったし、背後から駆け付けたふたりも間近に迫っていたのだ。

「こやつは、おれが斬る！」

中背の武士が声を上げ、倉田の前にまわり込んできた。倉田が大柄な武士とやり合っているのを見て、遣い手と看破したのだろう。

「くるか！」

倉田は中背の武士と対峙した。

武士は八相に構えた。腰の据わった隙のない構えである。八相は木の構えともいわれるが、まさに大樹のような大きな構えで、上からおおいかぶさってくるような威圧があった。

対する倉田は青眼に構えた。通常、切っ先を敵の喉元か目線につけるが、倉田は武士の左拳につけた。八相に対応する構えをとったのである。

倉田と武士との間合はおよそ三間半。斬撃の間境からは遠かった。

倉田と武士は、青眼と八相に構えたまま動かなかった。気を鎮めて、敵の斬撃の起こりを読もうとしているのだ。

ジリ、ジリ、と武士が趾《あしゆび》を這うようにさせて間合をつめ始めた。構えがまったくくずれない。八相に構えた刀身が静かに近付いてくる。脇で見ている者の目には、武士が静止したままに見えたかもしれない。

倉田も動いた。足裏で地面を摺りながら、すこしずつ間合をせばめていった。

倉田の構えもくずれなかった。

ふたりは塑像《そぞう》のように体を動かさず、間合だけがせばまっていく。

斬撃の間合に近付くにつれ、ふたりの全身に気勢が満ち、剣気が高まってきた。息詰まるような緊張と時のとまったような静寂がふたりをつつみ、八相と青眼に構えた銀色《しろがねいろ》の刀身が引き合うように迫っていく。

ふいに、武士の寄り身がとまった。一足一刀の斬撃の間境の半歩手前である。倉田も動きをとめた。全身に気勢を込め、気魄《きはく》で攻めた。気攻めで、敵の気を乱してから斬り込もうとしたのだ。

ピクッ、と武士の左拳が動いた。刹那《せつな》、武士の全身に斬撃の気がはしった。

……くる！

察知した倉田が、反応した。

イヤアッ！

タアッ！

ふたりが裂帛《れっぱく》の気合を発し、体《たい》を躍動させた。

武士が八相から袈裟へ。

倉田が青眼から振り上げざま真っ向へ。

袈裟と真っ向。二筋の閃光がするどい弧を描き、ふたりの眼前で合致した。

ギーン、という重い金属音がひびき、青火とともにふたりの刀身が跳ね返った。

すかさず、ふたりは二の太刀をはなった。

倉田が背後に跳びざま、敵の鍔元《つばもと》に突き込むように籠手《こて》をみまい、武士は右手後方に跳びながら、刀身を横に払った。一瞬の攻防である。

倉田の右の袂《たもと》が裂けた。武士の切っ先が切り裂いたのである。

一方、武士の右手の甲には、うすい血の色があった。倉田の切っ先がとらえたのだが、かすり傷である。

ふたりは大きく間合をとり、ふたたび青眼と八相に構えあった。

「初手は互角か」

武士が低い声で言った。

頬っかむりした茶色の布の間から、底びかりする双眸《そうぼう》が見えた。薄い唇が、血を含んだような赤みを帯びている。わずかであるが血を見たことで、武士の気が昂っているのである。

そのとき、ワッ、という叫び声が聞こえた。見ると、狭山の着物の肩口が裂けている。狭山は大柄な武士と対峙していた。青眼に構えている刀身が震えている。腰も高かった。武士に押されている。

駒造も袖が裂け、あらわになった右腕に血の色があった。町人の匕首で斬り裂かれたらしい。

……長くはもたぬ！

と、倉田は思った。

4

浜吉は懸命に走った。

助けが遅れれば、倉田たちが殺されるのだ。息が上がり、心ノ臓が早鐘のように胸を打っている。それでも、浜吉は走るのをやめなかった。

右手前方に桟橋が見えてきた。何艘もの猪牙舟がとまり、桟橋や舟のなかに船頭たちの姿が見える。五、六人はいるようだ。

浜吉は足をもつれさせながら、桟橋につづく石段を駆け下り、

「た、大変だ！　八丁堀の旦那が殺される！」

と、声をふり絞って叫んだ。

その声で、桟橋や舟のなかにいた船頭たちが仕事の手をとめて、いっせいに浜吉に目をむけた。

「手、手を貸してくれ！　すぐ、そこでやり合ってるんだ」

浜吉は必死の形相で声を張り上げた。

「八丁堀の旦那が、殺《や》られるだと！」

桟橋にいた大柄な男が、驚いたような顔をして訊いた。

「そうだ、鉄砲洲稲荷のそばで襲ったやつらだ」

「そいつは大変だ！」

「早く！　早く、手を貸してくれ」

浜吉がせき立てるように叫んだ。

大柄な男が、そばにあった竹竿を手にした。

「おい、行くぞ」

「よし、おれも行く」

船底に敷いてあった茣蓙《ござ》を丸めていた男が、舟から桟橋に飛び下りた。

桟橋にいた男や舟のなかにいた男などが、そばにあった竹竿や棒切れなどを手にして、桟橋から通りへつづく石段を駆け上がった。

「あそこだ！」

浜吉が通りの先を指差した。

「お、大勢いるじゃァねえか」

大柄な男が声を上げた。

見ると、淡い夕闇のなかで、いくつもの黒い人影が入り乱れていた。怒号や気合がひびき、白刃《はくじん》が交差している。

「き、斬り合ってるんじゃァねえか」

大柄な男が、怯えたように顔をゆがめた。

「なにやってる！　八丁堀の旦那を見殺しにすりゃァおめえたちにも、お咎《とが》めがあるぜ。怖《こえ》えなら、遠くで石でも投げてくれ！」

浜吉が叫ぶと、

「お、おお！」

と、大柄な男が声を上げ、みんなでかかりゃァ怖かねえ！　と叫んだ。

「怖かァねえ！」

別の男が叫んだ。

「ワアッ！」

と、声を上げて浜吉が駆けだした。つづいて三人の男が走り出し、それを見て、尻込みしていた男も駆けだした。

ワアアッ！

と声を上げ、浜吉と船頭たちが走っていく。

このとき、倉田は中背の武士と対峙していた。倉田の着物の肩口が裂けていた。さらに、一合し、武士の斬撃で着物を裂かれたのである。ただ、切っ先は肌までとどかず、傷を負ってはいなかった。

狭山、駒造、甚八も敵刃をあびていたが、いずれも浅手で命にかかわるような傷ではなかった。

中背の武士は浜吉や船頭たちの叫び声を聞くと、後じさって振り返った。

「なんだ、やつらは！」

武士が驚いたような顔をした。

浜吉たち七人が手に竹竿や棒切れを持って、叫び声を上げながら駆け寄ってくる。

「土地の者だ。おまえたちを取り押さえるために、集まってきたのだ」

倉田が言った。

「うむ……」

武士の視線が逡巡するように揺れた。まだ、八相に構えていたが、全身にみなぎっていた闘気がうすれ始めた。

そのとき、武士の足元に鶏卵ほどの石が転がってきた。素手だった船頭のひとりが、路傍の石を拾って投げ付けたのだ。さらに、武士の近くで石の落ちる音がし、地面に転がった。別の男が投げたようだ。

浜吉たちは大声で叫びながら走り寄ってくるが、何人かが足元の石を拾い、武士たち目がけて投げつけている。

「ひ、引け！」

中背の武士が声を上げた。

その声で、大柄な武士と町人たちがきびすを返して駆けだした。中背の武士も、さらに後じさって倉田から間合をとると、反転して小走りにその場を離れた。襲撃者たち五人の背が夕闇のなかへ遠ざかっていく。

……助かった！

と、倉田は思った。

すぐに、倉田は狭山のそばに走り寄り、

「どうです、傷は」

と、訊いた。狭山の着物の肩口が裂け、肌が血に染まっていた。右手の甲にも血の色がある。

「なに、かすり傷だ」

狭山が苦笑いを浮かべた。まだ、出血していたが、傷は浅いようだ。腕を動かすのにも支障はないらしい。

倉田は駒造と甚八に目をやった。ふたりは、まだ恐怖と興奮で目をつり上げていたが、こちらも浅手のようだ。

そこへ、浜吉と船頭たちが駆け付けた。男たちはいずれも荒い息を吐き、興奮した面持ちで倉田たちを取りかこんだ。

「おめえたちのお蔭で、助かったぜ。やつらは、逃げた」

倉田が声をかけると、大柄な男が逃げていく五人に目をやり、

「お、おお！」

と男が声を上げ、手にした竹竿を突き上げた。

すると、倉田たちのまわりに集まった船頭たちが、おお！　と勝鬨《かちどき》のような歓声を上げて、手にした竹竿や棒切れを突き上げた。船頭たちは冷めやらぬ興奮のままに、「やろう、逃げやがった」、「おとといきやがれ」、「てめえらなど、怖か

ァねえ」などと、遠ざかっていく男たちにむかって口々に罵声をあびせだした。

5

新十郎は奉行所に出仕するとすぐ、表門の近くで顔を合わせた定廻り同心の根津から、昨日、倉田たちが何者かに襲われたことを聞いた。

新十郎は与力詰所に行き、出仕のおりの裃《かみしも》から羽織に着替えるとすぐに表門の脇にある同心詰所に足を運んだ。新十郎は裃を好まず、奉行所内にいるときも羽織袴に着替えることがあった。堅苦しい上に、気軽に歩きまわれないからだ。それで、吟味で出かけることを口実に、裃を脱いでしまったのである。

同心詰所には、五人の同心がいた。彦坂組の倉田、根津、高岡、狭山、それにすこし離れた場所に赤堀の姿があった。

新十郎が座敷に入っていくと、赤堀は驚いたような顔をしたが、新十郎にちいさく頭を下げると、そそくさと詰所から出ていった。彦坂組を指図している新十郎が姿を見せたので、その場に居辛くなったのだろう。

新十郎は倉田たちが集まっているそばに膝を折ると、

「怪我の具合はどうだ」

と、狭山に目をむけて訊いた。

「かすり傷です」

狭山は照れたような顔をして、このとおり、と小声で言い、左腕をゆっくりとまわして見せた。肩から腋《わき》にかけて晒《さらし》をまわして縛ってあるらしかったが、腕は自在に動かせるようである。それに、顔色もよかった。

「大事なさそうだな」

新十郎は倉田に目をやり、襲われたときの様子を話してくれ、と小声で言った。

「猪吉が南飯田町の小料理屋にいるらしいことを狭山さんがつかんだのです」

倉田が、狭山さんから、話してくれ、と言うと、

「諏訪町の長屋で聞き込んで、知れました」

と、狭山がつぶやくような声で言い、船頭の留吉が舟で猪吉と千次郎を南飯田町へ運んだことや殺された横川が小料理屋の蔦屋を探りにいったらしいことなどをかいつまんで話した。

狭山が話し終えると、倉田が後をとった。

「それで、狭山さんと蔦屋を当たってみました。ところが、店仕舞いした後でし

て、猪吉はおろか店の者も姿を消してもぬけの殻でした」

「うむ……。町方の動きに気付いたのかな」

それにしても、手が早い、と新十郎は思った。

「彦坂さま、それだけではないようです。われわれが襲われたのも、猪吉やおよしのからんだ一件と関わりがあるとみてよいでしょう。しかも一味の者たちは事前に察知していて待ち構えていたような節があるのです」

倉田は、襲撃者が五人であったことや二手に分かれて、通りの前後から仕掛けてきたことなどを話し、

「一味の者たちは、われわれの人数や帰り道まで知った上で仕掛けたとしか思えません。……横川さんも、同じように襲われたのではないかとみております」

と、言い添えた。倉田は一味という言葉を遣った。倉田たちを襲った者だけでも、五人いたのである。

「われわれの動きが、一味の者たちに洩れているということか」

新十郎が、けわしい顔をして訊いた。

「尾けられているのかもしれません」

倉田が言った。

「町方を尾行しているのか。それにしても大勢ではないか。倉田たちを襲った者だけでも五人だ。しかも、そのうちのふたりは武士だぞ。……容易ならぬ一味だな」

新十郎は、一味は五人だけではないような気がした。何者か知れぬが、五人を指図している黒幕がいるはずである。

「それに、町方を敵視しているようだ」

一味は町方の動きを警戒するとともに、強い敵意を抱いているのではないか、と新十郎は思った。そうでなければ、探索に当たっている町方同心を次々に襲うようなことはしないはずだ。

「ともかく、用心することだな。何者かが、おれたちの動きに目をひからせていると思った方がいい」

「承知しました」

倉田が言い、その場に集まっていた同心たちがうなずいた。

次に口をひらく者がなく、座は重苦しい雰囲気につつまれたが、

「だが、襲われることを恐れて、手を引くわけにはいかん。下手人を捕らえねば横川に顔向けできんからな」

新十郎が一同を見まわして言った。

「それで、次に打つ手だが、何か手掛かりがあるか」

「彦坂さま……」

狭山が小声で言った。

「なんだ」

「気になることを耳にしたのですが」

「話してみろ」

「猪吉は、越前屋の船頭をしてたようです」

「越前屋というと、およしが大久保家に奥奉公するおり、口をきいた男だな」

「……」

狭山がうなずいた。

すると、狭山と新十郎のやり取りを訊いていた倉田が、

「それがしも、狭山さんからその話を聞きました。……此度《こたび》の件に、越前屋も何かかかわっているような気がするのですが」

と、言い添えた。

「越前屋の口利きで大久保家へ奥奉公にいったおよし、越前屋の船頭だった猪吉。

越前屋も、何かつながりあるとみていいのかもしれんな。……倉田、ともかく、越前屋を探ってみてくれ。それに、倉田たちを襲った一味五人をつきとめねばならんな。牢人ふうの武士がふたり、遊び人ふうの町人が三人だそうだ。盛り場、岡場所、賭場などに当たれば、何か出てくるだろう」

「おれたちでやろう」

狭山が言うと、高岡と根津がうなずいた。

「では、すぐに」

そう言って、倉田が腰を浮かせると、

「油断するなよ。……どこで、襲ってくるか分からんぞ」

新十郎が四人の男に視線をまわし、念を押すように言った。

6

倉田は小者の利助《りすけ》を連れて北町奉行所を出ると、足早に呉服橋を渡った。奉行所に岡っ引きの駒造や下っ引きの浜吉を連れていくわけにはいかなかったので、倉田は利助に挟み箱を担がせて供をさせたのである。

大店の建ち並ぶ呉服町の表通りを抜けて日本橋のたもとまで来ると、倉田は利助を八丁堀の組屋敷へ帰した。巡視だけならかまわないが、聞き込みの場合、挟み箱をかついだ小者は邪魔である。倉田はこれから、日本橋伊勢町の越前屋へ行くつもりだった。猪吉のことだけでなく、越前屋と大久保家とのかかわりも探ってみようと思ったのである。

日本橋は賑わっていた。様々な身分の老若男女が行き交い、肩が触れ合うほどごった返していた。

倉田は人混みのなかを通り抜けて日本橋川沿いの道へ出ると、川下にむかって歩いた。日本橋川沿いの道も人出が多かった。魚河岸があるせいか、盤台をかついだぼてふり、魚や乾物などが入った木箱をかかえて歩く魚屋の奉公人、船頭などが目についた。

魚河岸を過ぎると、前方に江戸橋が迫ってきた。見ると、橋のたもとの柳の陰に駒造と浜吉の姿があった。倉田を待っていたようである。

倉田は巡視のおりに利助のほかに、駒造と浜吉を連れて歩くことがあった。倉田の方で指示したわけではなく、駒造が勝手についてくることが多かった。

駒造は巡視に従うとき、江戸橋のたもとで待っている。倉田の巡視の道筋になっていたし、北町奉行所は呉服橋を渡った先にあったので、倉田が江戸橋のたもとを通るおよその時間が分かったからだ。それに、駒造の家は日本橋、新材木町にあった。江戸橋からは、近かったのである。

駒造はお滝《たき》という女房にそば屋をやらせていた。探索がないときは、そば屋を手伝うこともあるらしい。

「旦那、越前屋ですかい」

駒造が訊いた。小者の利助がそばにいないので、倉田が探索に行くことを察知したようだ。

「そのつもりだ」

「あっしらが、お供しやすぜ」

「ついてきてくれ」

聞き込みのおりも、駒造と浜吉は役に立つ。それに、駒造は越前屋に探りを入れているはずである。倉田は、十軒町で五人の男に襲われた後、駒造に、近いうちに越前屋を探ってみる、と話しておいたのだ。

倉田は江戸橋のたもとを左手におれた。入堀沿いに、ひろい通りがつづいていた。その通りの先に、伊勢町がある。

駒造と浜吉は倉田の後ろについてきながら、

「旦那、昨日、越前屋の近くで聞き込みやしてね。話の聞けそうなやつを見つけておきやしたぜ」

駒造が目を瞋らせて言った。腕利きの岡っ引きらしい顔をしている。

「手が早いな」

さっそく、駒造は越前屋に当たったようだ。

「越前屋に奉公している五助《ごすけ》ってえ船頭がいやしてね。そいつなら、猪吉のことを知っているはずでさァ」

五助は越前屋に長く勤めている船頭だという。

「五助の居場所は分かるか」

倉田は、五助に訊いてみようと思った。

「手のすいてるときは、越前屋の桟橋にいるはずでさァ」

駒造によると、入堀に越前屋専用の桟橋があり、越前屋で遣う猪牙舟が何艘か舫《もや》ってあるという。

「桟橋に行ってみよう」

倉田たち三人は、入堀沿いの通りを北にむかって歩いた。米河岸があるせいか、その通りも賑わっていた。通行人のなかには、船頭や米問屋の奉公人などの姿があり、大八車で米俵を運ぶ人足の姿も見られた。

賑やかな米河岸を過ぎると、伊勢町である。しばらく歩くと、入堀は突き当り左手におれている。おれてすぐ、橋がかかっていた。道浄橋である。その橋のたもとちかくに、越前屋はあった。土蔵造りの二階建ての店舗で、米をしまう倉庫が二棟、店の裏手には土蔵もあった。米問屋の大店らしい店構えである。

「旦那、店の前にあるのが、越前屋の桟橋でさァ」

駒造が歩きながら言った。

倉田たちは、道浄橋のたもとまで行って足をとめた。そこから、越前屋の店先とその前にある桟橋が見えた。

桟橋には数艘の猪牙舟が舫ってあり、船頭らしい男が三、四人いるようだった。一休みしているらしく、船梁《ふなばり》に腰を落として莨《たばこ》を吸っている男やおしゃべりをしている男の姿が見えた。

「どうだ、五助はいるか」

倉田が訊いた。

「莨を吸っているのが、五助のようで」

「五助に話を聞いてみたいが、八丁堀から探りに来たことは知られたくないな」

倉田が桟橋に下りていって五助に話を訊けば、桟橋にいる船頭たちに知られ、すぐに越前屋に伝わるだろう。

「あっしが、ここに連れてきやしょうか」

駒造が言った。

「ここはまずいな」

倉田は辺りに目をやった。橋のたもとは人通りが多く、そこに立って話を訊くわけにはいかなかったのだ。

見ると、入堀沿いに料理屋があり、店の脇の天水桶と並んで、柳がこんもりと枝葉を茂らせていた。その柳の陰にまわれば、往来の通行人の目には触れないで、話を聞けそうである。

「駒造、あそこの柳の陰に連れてきてくれ」

倉田が柳を指差した。

「承知しやした」

すぐに、駒造は桟橋に足をむけた。

7

倉田と浜吉が柳の樹陰でいっとき待つと、駒造が五助を連れてきた。五助は五十代半ばであろうか。赤銅色をした顔には皺があり、鬢や髷には白髪がまじっていた。

「五助か」

倉田が訊いた。

「へい、五助でごぜえやす」

五助の顔に、怯えたような色が浮いた。八丁堀同心を目の当たりにして、怖くなったのであろう。

「なに、てえしたことじゃァねえんだ。つまらねえ事件《やま》なんだが、おめえに訊きてえことがあってな」

倉田はくだけた物言いをした。五助の怯えを払拭《ふっしょく》してやろうと思ったのである。

「へえ……」

五助がいくぶん表情をやわらげた。

「猪吉のことだ。おめえ、猪吉を知ってるな」

「知っておりやす」

五助が、やっぱりそのことか、といった顔をした。猪吉が、町方に目をつけられているのを知っているのかもしれない。

「猪吉は、越前屋の船頭だったそうだが、どんな男だった」

「まったく、ひでえやつでさァ。仕事はまともにやらねえで、娘をたぶらかしたり、若えやつに喧嘩をふっかけて金を脅しとったり、店をやめてせいせいしてまさァ」

五助が吐き捨てるように言った。だいぶ、猪吉のことを嫌っているようである。

「猪吉は、越前屋をやめてどこへ行ったんだい」

「くわしいことは知らねえが、浅草の方で遊び歩いてると聞きやしたぜ」

「浅草な。……それで、越前屋をやめてから、ここにはまったく寄り付かなくなったのだな」

「そうでもねえんで。ときおり、姿を見せやしてね。店の者に頼まれて、舟を出すことがあるようですぜ」

五助が声をひそめて言った。

「店の者とはだれだい」

「あるじの勘兵衛《かんべえ》さん、それに、番頭の重蔵《しげぞう》さんも、ときおり頼むようでさァ」

倉田は、越前屋の主人の名が勘兵衛であることは知っていた。番頭の名を耳にするのは、初めてである。

「どういうことだ。越前屋には、おめえたちのように船頭が何人もいるんじゃァねえか。わざわざやめた船頭に舟を出させるのか」

倉田は、何か裏があるような気がした。

「そのことなんですが、番頭さんがいうには、おおっぴらにできない用のときは、店の奉公人を使いたくないんだそうで」

「おおっぴらにできない用とはなんだ」

倉田は気になった。人に言えない悪事に荷担しているということではあるまいか。およしと千次郎の殺しに、つながることかもしれない。

「あっしも、気になりやしてね。番頭さんにそれとなく訊いてみたんでさァ」

五助が一歩倉田に身を寄せ、小声で言った。

「番頭は、何と答えたのだ」

「取り引き先を柳橋の料理屋に招待して、一杯飲むときがあるんだそうでさァ。

料理屋だけなら、知れてもかまわねえんだが、なかには、女郎屋や吉原に連れていかねえと承知しねえ取り引き先もあるようでしてね。他の取り引き先やご近所のてまえもあって、そういう遊びは、内緒にしておきてえ。それで、猪吉を頼むんだそうで」

「うむ……」

もっともらしく聞こえるが、何か裏がありそうである。それに、越前屋と猪吉がつながっていることはまちがいないようだ。

「ところで、猪吉だが、越前屋にはよく顔を出すのか」

「いえ、ちかごろは顔を出さなくなりやしたよ。ここ、三月ほど、猪吉の顔は見てねえんで」

「三月ほどな」

およしと千次郎が殺された後、猪吉は越前屋に姿を見せなくなったのではあるまいか。

……やはり、越前屋にも裏がありそうだ。

と、倉田は思った、

「ところで、越前屋だが、駿河台にお屋敷のある大久保さまとかかわりがあるそうだな」

　倉田は話題を変えた。

「へえ、旦那が、駿河台のお屋敷をうかがうことがあるようで」

「どういうかかわりなのだ」

「くわしいことは知りやせんが、陸奥国《むつのくに》のお大名の米を取り引きするおり、大久保さまに口を利いてもらったことがあるそうでしてね。それが縁で、ときおりご機嫌伺いにお屋敷を訪ねるらしいでさァ」

　五助によると、越前屋では陸奥国だけでなく越後国の大名の米も商《あきな》っているという。おそらく、大名が領内でとれた米を江戸に運んで販売する専売米を扱っているのであろう。それだけなら何の問題もないし、越前屋が取り引きに際して口を利いてもらった大久保家へ、ご機嫌伺いに出向いても不思議はない。

「大久保家のご家来が、店に来ることもありますよ」

　五助が言った。

「家来がな。何という男か分かるか」

　大久保家側から越前屋を訪ねてくるとなると、結びつきはかなり強いようだ。

「名は分からねえが、御用人だそうで」

「用人か」

調べれば、すぐに分かるだろう。

倉田と五助のやり取りがとぎれたとき、

「ところで、五助、猪吉の塒《ねぐら》は知るめえな」

と、駒造が訊いた。

「さァ、築地の方だと聞いたような気がしやすが……」

五助は首をひねった。はっきりしないのだろう。それに、五助が聞いたのは、南飯田町の蔦屋のことかもしれない。

「五助、助かったぜ。桟橋にもどってくれ」

倉田がそう言って、五助を帰した。

五助は柳の樹陰から出ると、桟橋の方へ歩きだした。その背に、倉田が目をむけたとき、越前屋の店先が視界に入った。

ちょうど、店先から男がひとり出てくるところだった。

……あの男、権六《ごんろく》ではないか！

倉田は男の姿に見覚えがあった。同心の赤堀が使っている岡っ引きの権六である。

……妙だな。

と、倉田は思った。赤堀が横川が殺された事件を探っているはずはなかった。それに、この辺りは赤堀の巡視の道筋でもないはずだ。岡っ引きが袖の下でもねだりに来たにしては、越前屋は大店過ぎる。

「駒造、見ろ、権六だ」

倉田が指差した。

「あのやろう、なんで、こんなところをうろついてるんだ」

駒造も不審そうな顔をした。

「いま、越前屋から出てきたのだ」

見ると、権六は足早に入堀沿いの通りを日本橋川の方へ歩いていく。

「尾《つ》けてみるか」

倉田は、権六がどこへ行くか気になった。

「へい」

駒造が目を瞋《いか》らせてうなずいた。浜吉も睨むように権六を見つめている。

倉田たちは、権六が柳の前を通り過ぎ、半町ほど離れてから通りへ出た。

「おれの姿は、目立っていけねえ。駒造と浜吉が先に行け」

そう言って、倉田は足をとめた。倉田は八丁堀同心と知れる格好で来ていたのである。すぐに、駒造と浜吉が先にたった。ふたりは、天水桶の陰や行き交う人々の後ろにまわったりして巧みに権六の跡を尾けていく。

倉田は、駒造たちから一町ほど距離を取り、駒造たちを尾けた。こうすれば、権六が振り返っても、倉田の姿は見えないはずである。

先を行く駒造たちは江戸橋を渡り、さらに紅葉川にかかる海賊橋を渡って八丁堀へ入った。権六は八丁堀に向かったのであろうか。

倉田が町奉行所同心の組屋敷がつづく通りに入ってしばらく歩くと、路傍に駒造と浜吉が立っていた。

「どうした」

倉田がふたりに歩を寄せて訊いた。

「旦那、権六は半町ほど先の屋敷に入《へえ》りやしたぜ。……あそこ、板塀から柿の木が枝を出してやすね、その屋敷でさァ」

駒造が前方を指差して言った。通りまで枝を出した柿の新緑が鮮やかである。

「あれは、赤堀の家だ」

どうやら、権六は赤堀の屋敷へ来たようだ。

だが、権六は赤堀の手先である。赤堀の屋敷に入っても何の不思議もない。駒造や浜吉も、倉田の屋敷に出入りしているのだ。

「権六は、赤堀に何か知らせに来たのかもしれんな」

「へえ……」

駒造が息の洩れるような返事をして肩を落とした。尾行は無駄骨だったと思ったらしい。

「ともかく、今後も、権六の動きに目を配ってくれ」

倉田は、権六が越前屋から出てきたことが気になっていた。それに、権六だけでなく、赤堀も越前屋と何か特別なかかわりがあるかもしれない。

「へい」

駒造が、赤堀の屋敷に目をむけてちいさくうなずいた。

第四章　巨悪

1

障子の向こうで、チョキ、チョキと鋏《はさみ》を使う音が聞こえた。庭で、剪定鋏《せんていばさみ》を使っているらしい。

……父上だな。

新十郎は、朝餉《あさげ》の後、富右衛門が襷《たすき》で両袖を絞り、袴の股だちを取って庭へ出て行くのを目にしていた。

富右衛門は盆栽や庭いじりが好きだった。隠居した後は、暇にまかせて庭木の剪定をしたり、草取りをしたりしている。妻のふねは、下男のようなことはおやめください、ときつい顔をして言うのだが、富右衛門は穏やか物言いで、それなら盆栽だけにいたそうか、などと応えて、しばらくは庭いじりはやめるのだが、またすぐに庭木にも手を出し始める。ちかごろはふねも諦めて、あまり口やかましく言わなくなったようだ。

新十郎は障子をあけて、縁先に出た。朝日が縁先を白くかがやかせている。ひところより、庭の木々の葉が緑を深くし、息苦しいほど深緑が繁茂していた。

富右衛門は山紅葉の脇に植えてあるつつじの脇にいた。剪定鋏を使って、伸び過ぎたつつじの枝を切っている。

「父上、いい陽気ですねえ」

新十郎が声をかけた。

「ああ、家のなかにいるのは、もったいないような陽気だな」

富右衛門が鋏を使う手をとめ、新十郎の方に顔をむけた。

富右衛門は五十がらみだった。鬢《びん》や髷に白髪もあったが、顔の肌には艶《つや》があったし、目にも壮年らしいひかりがあった。ただ、やることや物言いは年のわりには、年寄り臭かった。新十郎に与力の跡を継がせ、隠居として家にこもることが多くなったせいかもしれない。

「これから、番所へ出るのか」

富右衛門が目を細めて訊いた。顔に朝日があたって眩《まぶ》しいらしい。

「はい」

「定廻りの者が、斬り殺されたそうじゃな」

富右衛門が、新十郎に目をむけて言った。その顔に、吟味方与力だったころのけわしさがあった。

「いま、下手人の探索に当たっています」

「新十郎、用心することだな。下手人は、町奉行所を恐れていないようだ」

富右衛門の声には、静かだが重いひびきがある。

「油断はいたしません」

新十郎は、自分より探索にあたっている同心の身が案じられたが、そのことは口にしなかった。

そのとき玄関の方から庭先に走ってくる足音が聞こえた。姿を見せたのは、若党の青山だった。顔がこわばっている。何か、あったらしい。

「旦那さま、御番所の高岡さまがお見えです」

青山が言った。

「高岡が来たとな。何か、用件をもうしたか」

何かあったにちがいない。同心が、出仕前の与力の屋敷に顔を出すことなど滅多にないことである。それに、北町奉行所の同心では倉田の組屋敷が近く、火急の場合には倉田が新十郎に知らせに来ることが多かったのだ。

「いえ、高岡さまは、旦那さまにお知らせしたいことがあるともうされただけです。こちらに、お呼びしましょうか」

「いや、おれが行く」

新十郎は、富右衛門に、様子を見てきます、と言い残し、縁先から座敷にもどって玄関へむかった。

玄関先で、高岡が待っていた。顔が紅潮し、額に汗が浮いていた。急いで来たせいであろう。

「どうした、高岡」

「は、はい、大川で女の水死体が揚がりました。彦坂さまにも、来ていただきたいそうです」

高岡が声をつまらせて言った。

「だれが、そう言ったのだ」

女の水死体など、めずらしいことではなかった。殺人もないではないが、身投げ、事故死、病死体の投棄など、江戸の河川《かせん》には水死体が頻繁に浮んだ。橋番や船頭など、かかわりあいになるのが面倒なので、杭などにひっかかっている水死体を発見しても、そのまま突き流してしまう者もいるほどである。町方同心も殺しとはっきりしなければ、まともに探索もしない。

それを、与力にまで声をかけるのだから、よほどのことであろう。

「倉田どのと根津どのです」

高岡が言った。

「ふたりも、行っているのか」

「はい、おふたりに、彦坂さまにもお伝えしろ、と言われて来ました」

高岡も定廻り同心だが、若いこともあって倉田や根津の指示で動くことが多かった。

「場所は？」

「佐賀町の桟橋です」

深川佐賀町は、八丁掘からそれほど遠くない。永代橋を渡ればすぐである。

「分かった。すぐ、行く」

おそらく、倉田と根津は、その水死体を新十郎に見せたいのであろう。およしと千次郎の件と、何かかかわりがあるのかもしれない。

新十郎はいったん屋敷内にもどると羽織袴姿に着替え、大小を帯びて表門から出た。

「旦那さま、お供いたしましょうか」

玄関脇にいた青山が訊いた。目がしょぼしょぼしている。

「いや、供はいらぬ」

若党や中間を連れていって同心たちと話していれば、町の者たちにも与力と知れる。与力が、水死体の検屍に来たと知ったら不審をいだくはずだ。

新十郎は門を出ると、高岡とともに小走りで佐賀町にむかった。

霊岸島を経て永代橋を渡ると、新十郎たちは大川沿いの道を川上に足をむけた。佐賀町は川沿いにつづいている。

風のないおだやかな日和だった。大川の川面が、初夏の陽射しを反射《はね》て金箔を流したように輝いていた。そのひかりのなかを客を乗せた猪牙舟《ちょきぶね》や荷を積んだ高瀬舟などが、ゆったりと行き交っていた。大川ののどかな光景がひろがり、水死体などとはまったく縁のないように見える。

川沿いの道をしばらく歩き、油堀にかかる下ノ橋を渡ると、栈橋が見えてきた。

「あの栈橋です」

高岡が桟橋を指差して言った。

桟橋の上に男たちが集まっている。船頭、岡っ引きらしい男、それに通りすがりの者も混じっているようだ。

2

道端にも人だかりができていた。通りすがりのぼてふり、風呂敷包みを背負った行商人、職人らしい男などの後ろには、近所の女房連中や子供たちの姿もあった。いずれも、桟橋に目をむけている。その人だかりの先に、桟橋につづく石段があった。

「道をあけろ」

高岡が声をかけると、道端にいた野次馬たちが慌てて身を引いた。高岡は八丁堀同心と分かる格好で来ていたのである。

新十郎と高岡は、石段を下りて桟橋へ出た。近所の船宿が使っている桟橋であろうか。猪牙舟が数艘舫《もや》ってあるだけのちいさな桟橋だった。その桟橋に集まっている男たちも、高岡と新十郎の姿を見ると、慌てて左右に身を寄せて道をあけた。

桟橋の先端近くに、倉田と根津の姿があった。ふたりの後ろに、駒造や浜吉など数人の岡っ引きが集まっている。

倉田と根津は、桟橋の上に屈んでいた。ふたりの前に、横たわっている女の姿があった。水死した娘らしい。

倉田が新十郎の姿に気付いたらしく、立ち上がって、ここです、と声をかけた。根津も立ち上がり、新十郎に目をむけてちいさく頭を下げた。

新十郎は近付くと、横たわっている娘の死体に目をむけた。娘は仰臥していた。娘であろう。十七、八にみえた。娘は青白い顔で薄目をあけている。

水に濡れたざんばら髪が、頬に張り付き、白い首筋に絡みついていた。帯がほどけ、花柄の小袖と緋色の襦袢《じゅばん》がはだけて、白い乳房があらわになっている。水を大量に飲んだらしく、腹が膨れていた。着物の裾がめくれて太腿から先があらわになり、白蠟《はくろう》のような肌の両足が桟橋の上に投げ出されていた。素足である。

若い娘だけに、かえって悽愴な感じがした。

「根津、何か分かったか」

新十郎の目には、溺死体にみえた。娘が上流で飛び込み、ここまで流れてきて桟橋の杭にひっかかった、とみえるが、わざわざ新十郎を呼んだとなると、ただの溺死体ではないと踏んだにちがいない。

「彦坂さま、この女は殺されたようです」

根津が低い声で言った。顔がひきしまり、双眸《そうぼう》が底びかりしていた。根津の顔にはふだんと違う凄みがあった。「屍視《おろくみ》の彦兵衛」の顔である。

「おれには、水死したように見えるが」

「水死にはまちがいありませんが、この女は水を飲まされて殺されたのです」

根津は娘と言わなかった。何か理由があって、女と呼んでいるらしい。

「どうして、分かるのだ」

「見て下さい」

そう言うと、根津は両手で娘の頭を持って首を持ち上げた。

「首の両側に、黒ずんだ痣《あざ》があるでしょう。何者かが、後ろから女の首筋をつかんで強く押しつけたためにできた指の痕《あと》です」

「たしかに、指の痕のように見えるな」

だが、それだけで、娘が殺されたと決め付けられないだろう。

「ほかにも、女が水を飲まされて殺された痕があります。彦坂さま、反対側から

「この女の耳の下あたりを見てください」

そう言って、根津はさらに娘の首を高く持ち上げた。

新十郎が反対側にまわって覗くと、娘の耳の下の顎から首筋にかけて、ひっ掻いたような傷が、幾筋もあった。

「この傷か」

「はい、その傷は女が自分でつけたものです。おそらく、女は押さえ付けられた下手人の手から逃れようとして後ろに手を伸ばし、下手人の手をはずそうとして爪をたてた。そのとき、自分の顎もひっ掻いたのです。それも、一度だけでなく何度も……。それで、女の爪の間に、血の痕が残りました。……見てみますか」

根津は娘の首をそっと桟橋に置くと、今度は娘の左手を取って、その指先を新十郎に見せた。

「なるほど、血の色がある」

娘の細い指の爪の間に、かすかに黒ずんだ血の色が識別できた。

「つまり、女は後ろから首を押さえつけられ、水のなかに顔をつっ込んだまま息ができなくなって死んだのです。そのさい、大量の水を飲み込んだ。それで、川で水死したのと同じ状態になったわけです。……死んだ後、女は大川に捨てられ、この桟橋にひっ掛かったというわけです」

「さすが、屍視《おろくみ》の彦兵衛だ」

新十郎は感心した。根津は、まるで、現場を見ていたように殺されたときの状況を看破したのだ。

「それにもうひとつ、彦坂さまに見てもらいたいものがあります」

「何だ」

「この女の背です」

根津は倉田に、手を貸してくれ、と言って、仰向けになっている娘を伏臥《ふくが》させた。

そして、着物の後ろ襟を押しひろげて下ろし、肩口から背中にかけてあらわにした。そこに、幾筋もの青黒い痣《あざ》があった。

「これは？」

何か細い棒か竹のような物で打擲《ちょうちゃく》されたような痣である。

「折檻《せっかん》された痕でしょう」

「うむ……」

新十郎も折檻された痕とみた。

「彦坂さま、さきほどこの女の陰門も見てみました。……娘ではないようです。しかも、何人もの男を知っている女の陰門です」

若い女の検屍のおり、陰門を見ることはよくあることだった。生娘《きむすめ》かそうでないか見るのである。はっきりしない場合は、取り上げ婆を呼んで見させることもある。

「この女は、女郎か」

新十郎は、なぜ根津が娘と口にしなかったのか分かった。陰門から多くの男と寝ている女とみていたからである。

「女郎ではないと思います」

「どうして、女郎ではないとみたのだ」

多くの男を知っていて、体に折檻された痕があるとなれば、女郎とみていいのではあるまいか。

「この女は若くて器量もいい。色白で、透きとおるような肌をしています。女郎であれば、相当の上玉です。女郎屋にとって、上玉は金の稼げる大事な宝のはずです。上玉が店に都合の悪いことをして、折檻するようなことになっても、売り物の大事な肌をこんなふうに傷付けるはずはありません。……それに、上玉を殺してしまっては、大金を捨てるようなものです」

根津がたたみかけた。

「そのとおりだな。……女郎屋の仕業でないとすると、この女、だれにやられたのだ」

女を折檻し、顔を水に押しつけて水死を装って殺す。そこまでの仕打ちは、親や亭主にはできないだろう。かこわれていた情夫《いろ》にでも折檻され、度が過ぎて殺されたのであろうか。

そのとき、脇で新十郎と根津のやり取りを聞いていた倉田が、

「この女の身元が知れないと、何とも言えませんが、およし殺しと似たようなところがあります」

と、小声で言った。

「うむ……」

「およしと千次郎の死因ははっきりしませんが、いずれにしろ相対死を装うために大川に流されたとみています。この女も殺されてから、水死を装うために大川に捨てられたようです」

「それで、下手人は同じとみるのだな」

「まだ、確かなことは言えませんが……」

倉田は語尾を呑んだ。確かな証がなかったからであろう。

「同じ下手人かどうかはともかく、この女の死は、およし殺しとつながっているかもしれんな」

「いかさま」

倉田が言った。

「いずれにしろ、この女の身元をはっきりさせてからだな。すぐに、探索にあたってくれ」

新十郎は立ち上がり、倉田、根津、高岡の三人に目をやって指示した。

「承知しました」

倉田が言うと、根津と高岡も顔をひきしめてうなずいた。

3

佐賀町の桟橋で揚がった女の身元は、すぐに分かった。倉田たちが探索を始めた翌日、ひとまず死体を安置した佐賀町の自身番に、房造《ふさぞう》という男が、うちの娘かもしれません、と言って、訪ねてきたのである。

房造は女の死体を見るなり、娘のおとくです、と言って、遺体にすがりついて泣き声を上げたという。

その後、倉田が房造に会って事情を訊くと、半月ほど前、おとくは富ヶ岡八幡宮へお参りに行くと言って出たきり、もどらなかったという。

房造は深川黒江町で瀬戸物屋をしており、奉公人を三人使っていた。房造は三人の奉公人にも頼んで、おとくを探したが、行方《ゆくえ》は分からなかった。心配した房造は、町の親分にも相談して方々を当たったが、おとくが富ヶ岡八幡宮の表通りをふたりの男に両側から挟まれるような格好で歩いているのを見た者がいただけで、その後の行方は分からずじまいだったという。

「おとくが、歩いていたというふたりの男に、心当たりはないのか」

倉田が房造に訊いた。

「それが、まったくないのです。……おとくは、親思いの素直な娘で、親の知らぬような男と家出するようなことはございません」

房造が強い口調で言った。

「………」

倉田は、おとくが親思いの素直の娘かどうかは別にしても、肌を売るような娘でないことは分かった。しかも、おとくは富ヶ岡八幡宮に参詣《さんけい》に行くといって店を出てから、日を置かずに男との情交を強いられるような境遇に身を置かれたようなのだ。そのことは、根津の検屍で分かったのである。

……勾引《かどわ》かされたのではあるまいか。

と、倉田は思った。

倉田が房造から話を聞いた翌日、北町奉行所の鬼彦組の面々が同心詰所に集まった。倉田、根津、高岡、利根崎、狭山、田上の六人が顔をそろえ、新十郎も姿を見せていた。

新十郎が一同に視線をまわしながら、

「まず、倉田から、おとくのことを話してくれ」

と、切り出した。

「どうも、おとくは何者かに勾引かされたようです」

倉田はそう前置きし、おとくが富ヶ岡八幡宮に参詣に行ってそのままもどらなかったこと、ふたりの町人体の男に挟まれるようにして歩いていたのを目撃されたことなどを話し、

「おとくは、男と駆け落ちするような娘でないことはたしかです」

と、言い添えた。

「おとくと同じように、およしも勾引かされたのかもしれんな」

新十郎が言った。

「それがしも、そう思います」

「何者かが娘たちを勾引かし、どこかに監禁して、男の慰みものになるのを無理強いしていたとも考えられる。……それにしても妙だな。女の体が欲しいなら、岡場所や吉原にでも行けばいい。金さえ積めばどうにでもなるはずだ。町の娘を攫《さら》ってまで、するようなことではあるまい。それに、すくなくとも一味には武士がふたり、町人が三人もいるのだ。なかには金で買われた者がいるかもしれんが、徒党を組んで町方同心を襲い、斬り殺すことまでしている。よほどの後ろ盾があって、動いているような気がするがな」

新十郎が首をひねりながら言った。

「彦坂さま、それだけではございません。娘たちを始末するのに、下手人は相対死や入水に見せかけて殺しています。すこし、考え過ぎかもしれませんが、町方の探索方法を知った上で、逃れるための手を打ったようにみえるのですが」

根津が言った。

「うむ……。ただの鼠ではないということか。それに、町方の探索方法を知っているとなると、町方とかかわりがある者ということになるが……」

新十郎がそう言うと、座は急に静かになった。集まった男たちは、硬い表情をして黙考している。

しばらく男たちの沈黙がつづいたが、狭山が、

「猪吉らしい男を見かけた男が、いるんですがね」

と、つぶやくような声で言った。

「どこで見かけたのだ」

新十郎が訊くと、倉田たち五人の目が狭山に集まった。

「あ、浅草、駒形堂の近くで……。それも二度、見ています」

狭山が声をつまらせて言った。同心たちの目が、自分に集まっているのを意識したらしい。

狭山が小声で話したことによると、浅草寺界隈で幅を利かせている地まわりや遊び人などに当たり、猪吉のことを知っているふたりの男から、猪吉が駒形堂近くを歩いているのを見たとの話を聞いたという。

「狭山は、猪吉の塒《ねぐら》が駒形堂近くにあるとみているのだな」

新十郎が訊いた。

「まァ、そうです」

「猪吉の口を割れば、見えてくるはずだ。狭山、ひきつづき駒形堂近くを洗って、猪吉の塒をつきとめてくれ」

新十郎が言った。

「承知しました」

新十郎と狭山のやり取りが終わると、

「それがしも、うろんな牢人をひとり、目をつけているのですが」

と、利根崎が口をはさんだ。

利根崎は、これまで深川、両国広小路などの繁華街や盛り場をまわって聞き込んでいたのだ。

「話してみろ」

新十郎が言った。

「黒江町辺りで幅を利かせている徒牢人《いたずらろうにん》で、西崎稲三郎《にしざきとうさぶろう》という男です」

深川黒江町は、富ヶ岡八幡宮の表通りにつづく町である。

利根崎によると、西崎は大柄で剣の腕も立つという。ちかごろ急に金まわりがよくなり、賭場で大金を張ったり、遊女屋に入り浸ったりしているそうだ。

「大柄で、剣の腕が立つのか」

倉田が訊いた。

「そのようだ」

「そやつ、おれや狭山さんを襲った男かもしれん」

倉田が言うと、狭山もうなずいた。十軒町で襲った五人のなかに、大柄で腕の立つ牢人体の男がいたのである。

「西崎という男の塒は分かっているのか」

新十郎が訊いた。

「それが、まだ……」

利根崎が膝先に視線を落とした。

「ひきつづき、利根崎は西崎を洗ってくれ。そやつ、猪吉たちの仲間でなかったとしても、たたけば何か出てくるだろう」

それから、新十郎は念のために越前屋と大久保家も探るよう指示し、

「ただし、大久保家は直接あたらず、出入りの商人《あきんど》や植木屋などにそれとなく訊

くだけにしておけ。なにせ、相手は御側衆だからな。へたに探ると、お奉行が立場を失うことになる」

と、顔をけわしくして言い添えた。

4

倉田が奉行所の同心詰所で、新十郎や同心たちと顔を合わせてから三日後。意外にも、猪吉の塒をつかんできたのは駒造だった。

駒造が浜吉を連れて、倉田の組屋敷に姿を見せ、

「倉田の旦那、妙な雲行きになってきやしたぜ」

と、目を瞋《いか》らせて言った。

「どうしたのだ」

「ここ何日か、あっしと浜吉とで権六の跡を尾けたんでさァ。……昨日、やろう、浅草に出かけやしてね。駒形町にある仕舞屋《しもたや》に入《へえ》った」

「それで？」

「あっしと浜吉のふたりで、やつが家から出てくるまでねばったんで」

駒造によると、権六は家に入ってから半刻（一時間）ほどして、出てきたという。そのとき、権六といっしょに家から出てきた男がいた。

「そいつが、見たことがある男だったんで」

駒造が倉田を見つめて言った。

「だれだ」

「頬っかむりしてたんで顔ははっきりしねえが、十軒町で襲われたとき、あっしに匕首をむけてきた男に体付きがよく似てやした」

「……！」

「それで、あっしと浜吉とで、近所で聞き込んでみやした。すると、そいつが猪吉だと分かったんでさァ」

近所の者から、猪吉という名を聞いただけでなく、いっしょに住んでいる女が、おれんという名であることも分かったという。

「それだけじゃァねえ。その家はもともと猪吉が住んでいた借家で、つい十日ほど前におれんを連れてきて、いっしょに住むようになったそうなんで」

「蔦屋をとじた後、猪吉がおれんを連れ込んだのだな」

「そうでさァ」

「権六が、一味につながっていたのか」

そのとき、倉田の胸に、赤堀もかかわっているのではないかという疑念がはじめて浮いた。ただ、権六が猪吉とつながっていたとしても、すぐに赤堀も一味の仲間だと決め付けるわけにはいかなかった。岡っ引きが手札をもらっている同心には内緒で悪党とつながり、町方の情報を流すこともあったのである。

……いずれにしろ、だいぶみえてきたな。

と、倉田は思った。

倉田をはじめ鬼彦組の動きが一味に洩れているのではないかという疑念があったが、権六が八丁堀でつかんだ情報を一味に流していることがはっきりすれば、納得できるのだ。それに、およしやおとく殺しが、町方の探索を逃れるために相対死や水死を装っていたことも腑《ふ》に落ちる。権六なら、町方同心の検屍や探索方法を知っており、一味の者たちに話すことができるのだ。

「旦那、どうしやす。猪吉と権六をひっぱりやすか」

駒造が訊いた。

「待て、彦坂さまと狭山さんに話してからだ」

狭山が、猪吉の塒を探っていた。そして、狭山はそれが駒形町界隈にあるらしいことまでつかんでいたのだ。ここで、倉田が猪吉の塒を襲って捕らえれば、狭山の顔をつぶすことになる。

それに、権六を泳がせておけば、他の仲間とも接触するかもしれない。赤堀とのかかわりもはっきりしてくるだろう。

翌日、倉田は奉行所に出仕するとすぐに狭山と会った。そして、手先の駒造が、権六の動きに不審をもち、跡を尾けていて偶然猪吉の塒をつかんだことを話した。

「腕のいい手先じゃァねえか。……おれも、そのあたりだとは睨んでたんだがな。倉田さんに、先をこされたわけだ」

狭山は苦笑いを浮かべながら、ぼやきともとれる口調で言った。

「それで、猪吉をどうします？」

倉田が狭山に訊いた。狭山の顔をたてようと思ったのである。

「とりあえず、彦坂さまに知らせようじゃァねえか」

「そうしましょう」

ふたりは、すぐに与力詰所にいる新十郎に会い、猪吉の塒が知れたことを話した。

「よくやったな」

そう言って、新十郎はふたりをねぎらった後、

「猪吉を捕らえて吐かせよう」

と、語気を強めて言った。

「権六はどうします」

倉田は、念のために新十郎に訊いてみた。

「そうだな。すこし、泳がせておくか。……権六は他の仲間と連絡をとるかもしれんからな」

新十郎も倉田と同じことを考えたようである。

「手先に、権六の跡を尾けさせますよ」

猪吉を捕らえた後、倉田は駒造と浜吉にひきつづき権六の跡を尾けさせようと思った。

「そうしてくれ」


倉田と狭山はすぐに動いた。駒造に案内させ、小者と岡っ引きなど十人ほど引き連れて駒形町に向かったのである。

倉田たちは捕物出役装束に身を変えなかった。ふだん、巡視にまわるときと同

じように小袖を着流し、巻き羽織と呼ばれる格好のままだった。猪吉が事前に察知して姿を消すのを恐れたのである。

倉田たちが駒形町へ入ると、駒造が先にたった。

駒造は千住街道から右手の路地におれ、大川沿いの通りに出た。しばらく歩くと、前方に竹町の渡し場と吾妻橋が見えてきた。吾妻橋を大勢の人がひしめき合うように行き交っていた。風のない晴天のせいか、大川の流れはおだやかで、猪牙舟、屋根船、艀《はしけ》などがゆったりと行き来している。

駒造は川沿いにあった船宿の前を通り過ぎるとすぐに足をとめ、

「この路地でさァ」

と言って、小体な下駄屋の脇にある路地を指差した。駒造によると、路地を半町ほど行くと、右手に板塀をめぐらせた仕舞屋があるという。

「よし、行こう」

倉田と駒造が先に立った。

5

「あの家でさァ」

駒造が路傍に足をとめて指差した。

そこは、八百屋、煮染屋などの小店や表長屋のつづく裏路地だった。その路地沿いに板塀をめぐらせた仕舞屋があった。

路地には長屋の女房らしい女、風呂敷包みを背負った行商人、ぼてふりなどが通りかかり、長屋につづく路地木戸の前で子供たちが遊んでいた。江戸市中のどこでも見かける裏路地の光景である。

「猪吉はいるかな」

いなければ、どうにもならない。

「あっしが見てきやすよ」

そう言い残し、駒造が小走りに仕舞屋へむかった。

駒造は板塀に近寄り、隙間からなかを覗いているようだったが、いっときするとその場を離れてもどってきた。

「倉田の旦那、猪吉はいやすぜ」

駒造によると、家のなかで男と女の声がし、女が、猪吉さん、と呼ぶ声が聞こえたという。おれんもいっしょにいるようだ。

「それで、裏口もあるのか」

「ありやす」

倉田は下手に踏み込むと、裏手から逃げられる恐れがあると踏んだのである。

「裏口にまわるのは？」

「板塀沿いに行けば、裏手に出られるようですぜ」

そのとき、倉田の脇にいた狭山が、

「おれが、裏手をかためよう」

と、口をはさんだ。狭山は、倉田の腕が立つことを知っていて、猪吉を取り押さえるのは、倉田の方が適任だと思ったようである。

「お願いします」

倉田たちは、仕舞屋にむかった。

板塀の脇まで来ると、狭山が、

「裏手へまわるぞ」

と、小声で言い、小者と岡っ引きたちを四人連れてその場を離れた。板塀沿いをたどって裏手へまわるのである。

倉田は家の正面にむかった。家の戸口の前に門があった。門といっても、丸太を二本立てただけのもので、門扉もついていない。

倉田は足音を忍ばせて戸口に近付いていった。駒造や手先たちが六人、倉田の後についてくる。いずれも息を殺し、獲物に迫る猟犬のような顔をしていた。すでに、十手や捕り縄を手にしている者もいる。

戸口の板戸はしまっていた。戸に耳を寄せると、家のなかからかすかに畳を踏むような音がし、くぐもったような声が聞こえた。猪吉とおれんが何か話しているようだ。

倉田が板戸に手をかけて引くと、簡単にあいた。敷居につづいて土間があり、その先が狭い板敷きの間になっていた。板敷きの間の奥に障子がたててある。座敷になっているらしい。

家のなかは静寂につつまれていた。戸口で聞こえた物音と話し声は聞こえなかったが、障子の向こうに人のいる気配があった。猪吉が戸のあく音を耳にし、気配をうかがっているにちがいない。

「だれでえ！」

ふいに、障子の向こうで男の甲走《かんばし》った声がした。

「猪吉に、用があって来たのよ。面《つら》を見せな」

倉田が伝法な物言いをした。

左手を鍔元に添えて刀の鯉口を切り、右手を柄に添えていた。猪吉が姿を見せたら踏み込んで、峰打ちに仕留めるつもりだった。

「なんだと」

男の怒気を含んだ声が聞こえ、立ち上がる気配がした。

倉田は板敷きの間に上がり、抜刀体勢をとった。

ガラリ、と障子があいた。姿を見せたのは、面長で目の細い男だった。倉田は、その痩身に見覚えがあった。南飯田町からの帰りに襲われたとき、駒造に匕首をむけた男である。

一瞬、男は凍りついたようにつっ立ったが、

「てめえは、八丁堀！」

と叫ぶと、反転した。座敷にもどり、裏手から逃げようとしたようである。

「旦那、そいつが猪吉だ！」

駒造が叫んだ。

倉田は抜刀し、板敷きの間から座敷に飛び込んだ。

猪吉が、座敷から右手の障子の方へ走った。右手が廊下になっているようだ。廊下から裏手に逃げるつもりらしい。

座敷には女がいた。おれんであろう。猪吉とふたりで酒を飲んでいたらしく、座敷に銚子と肴《さかな》の入った小丼などが置いてあった。おれんは、部屋の隅にへたり込んだままひき攣《つ》ったような顔をして身を顫《ふる》わせている。

倉田の目に、おれんの白い太腿と赤い襦袢が映じた。おれんはすこし股をひらいたような格好で尻餅をついていた。

おれんは刀を手にした倉田を目にすると、ヒイイッ、と悲鳴を上げ、後ろにいざるように逃げた。

倉田はおれんにかまわず、廊下へ飛び出した。薄暗い廊下の先に、猪吉の背が見えた。奥へ逃げていく。

廊下の先は台所になっているらしかった。薄暗かったが、ぼんやりと竈《かまど》や瀬戸物を並べた棚などが見えた。

倉田は猪吉を追って廊下を走った。刀は峰に返し、低い八相に構えている。

と、廊下の先で猪吉の足がとまった。台所に何人かの人影が見え、御用！　御用！　という声が聞こえた。裏手から、狭山たちが踏み込んできたのだ。

「ちくしょう！」

猪吉が反転し、懐から匕首を取り出した。後ろから追ってきたのは倉田だけとみて、突破して逃げる気になったようだ。

「殺してやる！」

猪吉は胸のあたりに匕首を構え、すこし前屈みの格好でそろそろと近付いてきた。歯を剝き出し、目をつり上げていた。般若《はんにゃ》のような形相である。

倉田は腰を沈めて、低い八相に構えた。倉田は動かなかったが、猪吉の方から間合をせばめてきた。

猪吉との間合が斬撃の間境に迫ったとき、

「死ね！」

吼《ほ》えるような声で叫びざま、猪吉がつっ込んできた。匕首を前に突き出し、体当たりするような勢いである。

刹那、倉田は低い八相から刀身をすくうように撥ね上げた。カキッ、という短い金属音がひびき、猪吉の匕首が虚空に飛び、乾いた音をたてて廊下に落ちた。

次の瞬間、倉田が刀身を返しざま、胴を払った。一瞬の太刀捌《さば》きである。

ドスッ、という腹を打つにぶい音がし、猪吉の上体が前にかしいだ。倉田の峰打ちが、猪吉の腹を強打したのだ。

猪吉は低い呻き声を上げ、両手で腹を押さえて廊下にうずくまった。倉田の一撃は猪吉の肋骨《ろっこつ》を折るほど強かったのだ。

「縄をかけろ！」

倉田が、廊下に姿を見せた駒造たちに声をかけた。

駒造と浜吉、それに松五郎《まつごろう》という岡っ引きが駆け寄って猪吉を取りかこみ、両腕を後ろにとって早縄をかけた。そこへ、狭山たちも姿を見せた。

「猪吉を捕らえたな」

狭山がそう言ったとき、戸口に近い座敷で、女の甲高い悲鳴が聞こえた。おれんのいる座敷に、別の手先が踏み込んだらしい。

「おれんにも、縄をかけてくれ。大番屋に連れて行こう」

倉田は、おれんも一味たちのことを何か知っているのではないかと思ったのだ。それに、この家に残しておいたら、一味の者にしゃべるだろう。

6

新十郎が南茅場町にある大番屋に姿を見せたのは、倉田たちが猪吉を捕らえた翌日だった。大番屋は調べ番屋とも呼ばれ、仮牢もあった。江戸市中には大番屋がいくつもあり、そこで捕らえた咎人《とがにん》を吟味するのである。

新十郎は土間から一段高い座敷に座した。猪吉は後ろ手に縛られたまま土間に敷かれた筵《むしろ》の上に座らされている。猪吉の後ろには、倉田と狭山、それにふたりの番人がついていた。番人は六尺棒を手にし、いかめしい顔をして猪吉の後ろに立っている。

通常、倉田や狭山のような同心は与力の脇に控えているのだが、今日は特別であった。それだけ、猪吉の口を割らせて一味のことを知りたい気持ちが強かったのである。

「おれは、吟味方与力の彦坂新十郎だ。名を聞いたことがあるだろう」

新十郎が猪吉を見すえて言った。

江戸市中の無宿者、凶状持、地まわり、博奕打ちなど臑《すね》に疵《きず》を持つ者たちの間で、町奉行所の吟味方与力は鬼と呼ばれていたが、なかでも新十郎は鬼与力として知られていた。咎人の吟味だけでなく探索や捕縛にもくわわり、臑に疵を持つ者たちと接していたからかもしれない。

「へえ……」

猪吉が首をすくめるようにして応えた。

顔がこわばり、蒼ざめていた。肩先が小刻みに震えている。それでも、新十郎を上目遣いに見た目には、狡猾《こうかつ》そうなひかりが宿っていた。

「猪吉、町方同心の横川と伊助を殺したのは、おまえだな」

新十郎が低い声で質《ただ》した。表情は動かさなかったが、猪吉を見すえた双眸はするどかった。表情のない顔にかえって鬼与力と呼ばれるにふさわしい凄みがあった。

「……身に覚えがございません」

猪吉が小声で答えた。

「では、ふたりを殺したのは、だれだ」

「てまえは、知りません」

「そうか、知らぬか。では、別のことを訊こう。おまえは、十軒町で、ここにいる倉田や狭山たちを襲ったな」

新十郎が言うと、すぐに、倉田が言い添えた。

「猪吉、しらをきっても無駄だ。おまえの体付きや匕首を構えた姿をしっかりと覚えている。それに、駒形町でおれに匕首をふるってきたことは、言い逃れできまい」

「……！」

猪吉が膝先に視線を落とした。頬や顎のあたりに鳥肌が立っている。体の顫《ふる》えも激しくなってきたようだ。

「猪吉、十軒町で倉田たちを襲ったのは、おまえたちだな」

あらためて、新十郎が訊いた。

「あっしは、頼まれたんでさァ」

猪吉が視線を落としたまま低いくぐもった声で言った。しらをきれないと観念したのかもしれない。

「だれに、頼まれたのだ」

「名も知らねえ、牢人で……」

猪吉がぼそぼそと話したことによると、駒形町の一膳めし屋で酒を飲んでいると、隣に腰を下ろした牢人に、手を貸せば十両くれると言われ、倉田たちを襲ったという。

……こやつ、一筋縄ではいかぬな。

と、新十郎は思った。なかなかしたたかである。追いつめられると、口から出任せの嘘で言い逃れるつもりらしい。

「猪吉、おまえは殊勝な男だな。実に見上げたものだ」

新十郎が感心したように言った。

「……………」

猪吉が、驚いたような顔をして新十郎を見た。褒めるような口振りだったので、驚いたのだろう。

「そうではないか。おまえは、刃物を持って町方同心と手先に襲いかかり、同心に傷を負わせた。これだけで、死罪だ。己はいさぎよく首を刎《は》られるような重罪を認め、仲間をかばうために口をつぐんでいるのだからな」

「……！」

猪吉の顔から血の気が引き、さらに体の顫えが激しくなった。ただ、新十郎を見つめた目は、憎悪と敵意で燃えるようにひかっている。

「仲間たちは、いまごろ酒でも飲みながら、おまえの噂をしてるかもしれんな。猪吉という男は、見上げたやつだ、とな」

さらに、新十郎が揶揄《やゆ》するような口調で言った。新十郎は、猪吉を怒らせ、口を割らせようとしたのである。

「何を言やァがる！　おれが、首を刎ねられるだと。おれは、無罪放免だよ。おれには、強《つえ》え味方がいるんだ」

猪吉が目をつり上げて叫んだ。

「おい、いくら強い味方がいても、町奉行所を襲ったおまえを助け出すことはできんぞ」

「奉行所など襲うかい！　おれは、十日もすれば、ここから大手を振って出ていってやらァ。おめえたちは、取り違えってえことで、お奉行から大目玉を食うだろうよ」

猪吉が、目を剝いて言いつのった。

……こいつ、ただの強がりではないようだぞ。

と、新十郎は胸のなかで思った。猪吉は、本気でここから放免されると思っているようだ。

「猪吉、なにを血迷っているのだ。おまえを取り違えということで、牢から出してくれる者がいるとでもいうのか」

「ああ、そうだ」

「それは、だれだ」

新十郎が訊いた。

「聞きてえか」

猪吉が、新十郎を見て口元にうすら笑いを浮かべた。

「そんな者がいるはずはないが、名だけでも聞いておこう」

「聞いて驚くな。……おれの目の前にいる彦坂新十郎さまだよ」

ふいに、猪吉がはじけるような声で笑い出した。身をよじりながら笑い声を上げたが、ヒイヒイと悲鳴のような声に変わってきた。

新十郎は黙したまま猪吉の顔を見つめていたが、猪吉の笑いが収まると、

「猪吉、おもしろいことをいうではないか。おれが、おまえを無罪放免でここから出すとでもいうのか」

と、静かな口調で言った。猪吉はここまで追いつめられても、とぼけたことを口にした。まったく、したたかである。

「ああ、そうだ。……」

猪吉が、また喉のつまったような笑い声を洩らした。

そのときだった。倉田が、番人の手にした六尺棒を奪うようにして取ると、

「猪吉、言葉が過ぎるぞ！」

言いざま、強く猪吉の肩先を打ちすえた。

ギャッ！　と叫び、猪吉が身をのけ反らせた。顔が激痛でゆがんでいる。

「待て、手荒なことをいたすな。この男は、いま重大なことをしゃべったのだ」

新十郎が静かだが重いひびきのある声で言った。

「猪吉は、町奉行所とかかわりのある者が仲間にいることを口にしたのだ。猪吉、しかと聞かせてもらったぞ」

新十郎の声に強いひびきがくわわった。

「……！」

猪吉の顔は笑ったために紅潮していたが、その顔からスッと血の気が引いた。鳥肌も立っている。

……図星だったようだ。

新十郎は、猪吉の口振りから、奉行所にかかわりのある者が味方にいるとみた

のだ。それも、岡っ引きのような手先ではないだろう。奉行ということはありえないので、新十郎と同じ与力か、そうでなければ捕物にかかわっている同心であろう。

新十郎は、猪吉が口にした味方の名をすぐに訊かなかった。このまま問い詰め、さらに拷問をしても、名は口にしないだろうと踏んだのだ。

「ところで、猪吉、倉田たちを襲ったのは五人だが、おまえと名の知らぬ牢人のほかに三人いるはずだな。……三人の名を話してもらおうか」

新十郎が声をあらためて訊いた。別の攻め口から、猪吉の口を割らせようとしたのである。

猪吉は青ざめた顔で新十郎に顔をむけていたが、ふいに口元に薄笑いが浮き、

「へい、新助《しんすけ》と新吉《しんきち》、それに新八郎《しんぱちろう》さまで」

と、一気にしゃべった。

……こやつ、気を取り直して、またでたらめを口にしたようだ。

そう思ったが、新十郎は口元に笑みを浮かべ、

「ま、よい。今日は大事なことをしゃべってくれたのだ。おいおい話してもらおう。それに、おまえが隠しても、ほかの者がしゃべってくれるだろうからな」

そう言い、ひとまず、これまでにする、牢に入れておけ、とふたりの番人に命じた。

新十郎は、つづいておれんから話を訊いてみようと思ったのだ。おれんから聞き出したことをもとにして、猪吉から話を聞き出す手もあるのだ。それに、猪吉が口を割らなければ、岡っ引きの権六を捕らえてもいいと思っていた。権六なら、奉行所とかかわりのある仲間の名を知っているはずである。

つづいて、おれんを吟味の場に引き出した。新十郎の訊問に、おれんは包み隠さず話したが、たいしたことは知らなかった。

おれんは三年ほど前まで、浅草寺の門前ちかくの料理茶屋で座敷女中をしていたという。そのころ、猪吉と知り合ったそうだ。

その座敷女中をしていたころ、おれんは客が店を手放したいと口にした南飯田町の蔦屋を居抜きで買い取って女将に収まった。蔦屋を買う金は、馴染《なじ》みにしていた商家の旦那が出してくれたという。

蔦屋を始めた当初、猪吉は金を出した旦那に遠慮したのか、南飯田町にはあまり来なかったという。ところが、蔦屋を始めて一年ほどしたとき、旦那が病で急逝した。それを知った猪吉は頻繁に蔦屋に姿を見せるようになり、いつしか情夫のような関係になったという。

新十郎が、店に猪吉の仲間が来るようなことはなかったか訊くと、

「助八《すけはち》と伊勢造《いせぞう》という男《ひと》が、ときおり来ました」

おれんが、答えた。

新十郎は、助八と伊勢造が五人の仲間のうちのふたりの町人ではないかと思ったが、偽名かもしれずはっきりしたことは分からなかった。

また、新十郎がおれんに、お上とかかわりのある男はこなかったか訊くと、

「来ましたよ、権六という親分さんが」

と、答えた。他に、町方同心が店に猪吉のことで訊きに来たことはあったが、客として来たことはないという。

猪吉のことを訊きに来たのは、横川だろう、と新十郎は思った。

新十郎の訊問がひととおり終わると、

「旦那、あたしを帰してくださぃ」

と、おれんが哀願するように言ったが、新十郎は取り合わなかった。まだ、猪吉の吟味によっては、おれんに訊くことがあるかもしれない。それに、おれんをいま帰せば、吟味の様子を他の仲間に話す恐れがあったのだ。

7

翌朝、新十郎が自邸の奥座敷で出仕の支度をしていると、廊下に慌ただしい足音がして障子があいた。顔を出したのは青山である。

「だ、旦那さま、倉田さまがお見えです」

青山が声をつまらせて言った。

「何事だ」

新十郎は、青山の慌てぶりがいつもとちがうと思った。何か、起こったのかもしれない。

「お、大番屋で、大事が出来《しゅったい》したそうです」

「大番屋だと」

火事でも起こったのであろうか。ともかく、倉田に会ってみよう、と新十郎は思い、小袖のまま玄関へむかった。

玄関先に倉田が立っていた。顔がこわばっている。やはり、何か起こったようだ。

「どうした、倉田」

「彦坂さま、大番屋の牢にいた猪吉とおれんが死にました」

「なんだと！」

思わず、新十郎は声を上げた。

信じられないことだった。昨日、新十郎は猪吉とおれんを吟味したばかりだった。今日も、つづけてふたりを吟味するつもりでいたのだ。ふたりに、体の異常は認められなかった。拷問もしていない。それが、ふたりとも死んだという。

「自害か」

新十郎が訊いた。

「まだ、何とも言えません。根津さんが来てますから、すぐに知れましょう」

「よし、行ってみよう。しばし、待て」

新十郎は座敷にとって返して袴だけ穿くと、急いで玄関にもどった。

六ツ半（午前七時）ごろであった。与力の屋敷や同心の組屋敷などのつづく通りは、朝の陽射しに照らされて輝いていた。町奉行所に出仕する同心や与力が供をしたがえて通りかかり、走っている新十郎と倉田の姿を見て驚いたような顔をした。ふたりの様子から、大事件が起こったと思ったのかもしれない。

大番屋はいつもより人の姿が多かった。慌ただしそうな雰囲気につつまれている。番人たちの他に、鬼彦組の者やその手先たちが何人も来ているようだ。

「彦坂さま、こちらです」

戸口で待っていた高岡が、仮牢の方へ先導した。

牢屋の前に、同心と番人たちが集まっていた。いずれもけわしい顔をしている。

土間に筵が敷かれ、その上に男と女が横たわっていた。猪吉とおれんである。

ふたりは、牢から運び出され、筵の上に横たえられたのだろう。

新十郎たちが近付くと、番人や手先は後ろに下がって道をあけた。

横たわったふたりのまわりに、根津、利根崎、狭山、田上、高岡の五人の姿があった。急を聞いて、組屋敷から駆け付けたのだろう。

新十郎は、猪吉の脇に屈み込んでいる根津の脇に膝を折った。猪吉の死顔は異様だった。顔の色は黒ずんだ青みをおび、カッと目を見開き、口をあんぐりあけていた。首筋や胸のあたりの肌も紫色をおびている。

根津は銀簪《ぎんかんざし》を手にしていた。銀簪は毒薬死かどうか調べるときに使う物である。使われた毒薬によっても異なるが、銀簪を死者の喉のなかに差し入れ、取り出したとき黒色を帯びていれば、生きているうちに毒を盛られて死んだことが分かるのである。

この時代、毒薬として、附子《ぶす》と呼ばれるトリカブトの根、彼岸花の根汁、砒石《ひせき》から製した石見銀山鼠取《いわみぎんざんねずみとり》、などが使われていた。

「どうだ」

新十郎が訊いた。

「毒薬を盛られたようです」

根津は猪吉の喉に差し入れていた銀簪を取り出し、新十郎にしめした。なるほど、簪の髪に挿す部分が黒ずんでいる。

「おれんも同じか」

「はい、さきほど見ましたが同じ毒を盛られたようです」

「どうやって、ふたりに毒を盛ったのだ」

牢のなかにいる者に毒を盛るのは、極めてむずかしいはずだ。特別の者でなければ、牢に近付くこともできない。

「何者かが、牢の外から毒を混ぜた茶を飲ませたようです」

根津によると、牢の格子のそばの地面が濡れていて、わずかに茶葉が残っていたという。猪吉とおれんは別々の牢に入れられていたが、それぞれに茶をこぼしたような跡があったそうだ。

「すると、何者かが湯飲みにでも茶を入れ、牢格子の間から差し入れて、ふたりに飲ませたということだな」

「そうなります」

根津が、ちいさくうなずいた。

「それで、毒を盛ったのは何時《なんどき》ごろとみる」

「ふたりの体の固まりぐあいからみて、子《ね》ノ刻（午前零時）前後ではないかと」

根津が低い声で言った。

倉田、高岡、利根崎、狭山、田上の五人は、けわしい顔をしてふたりの話に聞き入っている。

「湯飲みが、どこかに落ちていたのか」

新十郎が訊いた。

「湯飲みはありませんでした。下手人が持ち去ったようです」

「うむ……」

新十郎は、大番屋のなかのことにくわしい者が、猪吉とおれんに毒を飲ませたのだろうと思った。それだけではない。大番屋に自由に出入りでき、しかも猪吉やおれんに近付いて不審を抱かせずに、茶を飲ませることのできる者であろう。

……どうやら、下手人は身近にいるようだ。

それも、岡っ引きや手先ではない。吟味にかかわりのある与力か同心であろう。

新十郎は顔をけわしくして立ち上がると、

「昨夜、ここに来た者、すべてを聞き出せ」

と、まわりに集まっていた倉田たちに命じた。

倉田たちは、すぐに大番屋内に散った。それほど面倒なことではなかった。番人に訊けば、すぐに分かるのである。

小半刻（三十分）ほどすると、倉田たち五人が牢の前にもどってきた。

「昨日、大番屋に入った者は、われわれを除いて六人のようです」

倉田が言った。

「だれだ」

「吟味方同心の、佐島《さしま》どのと林野《はやしの》どの……。ふたりとも、すぐに帰ったそうです」

倉田はそこで言葉を切り、一呼吸置いてから、

「赤堀さんと手先の権六も来たようです。ほかには、隠密廻りの手先がふたり」

と、声をひそめて言った。

「吟味方の与力は、だれも来ていないのか」

「見えなかったようです」

「とすると、赤堀か権六だが……」

新十郎はいっとき黙考していたが、

「それで、ふたりは遅くまでいたのか」

と、倉田に顔をむけて訊いた。

「半刻（一時間）ほどいただけで、暮れ六ツ（午後六時）前に帰ったそうです」

「ふたりが帰ったのは、たしかなのか」

新十郎が訊いた。

「たしかなようです。番人がふたり、戸口まで送り出したそうですから」

「うむ……」

ふたりが、毒を盛るのはむずかしい、と新十郎は思った。番人は暮れ六ツ後にかならず巡視し、牢内の罪人の様子も見ているはずである。根津によれば、猪吉とおれんが毒を盛られたのは、子ノ刻前後とのことなのだ。

……ただ、できないことではない。

と、新十郎は思った。

大番屋に来たとき、猪吉とおれんが牢に入っていることを確かめた上で、裏手の窓の戸をすこしあけておけば、夜中にそこから忍び込むことはできる。それに、勝手知った大番屋内ならわずかな月明りで、ふたりが入れられている牢の前まで行けるだろう。

新十郎が虚空に目をとめていると、

「彦坂さま、権六を捕らえて締め上げましょうか」

倉田が言った。

「待て、権六は大事な駒だ。まだ、使うのは早い。……しばらく尾けろ。権六を指図しているのは赤堀だろうが、ふたりの裏に何者かがひそんでいそうだ」

赤堀も黒幕の指図で動いているのだろう、と新十郎はみた。なぜなら、赤堀自身には、およしや千次郎を相対死に見せて始末する理由も、横川を斬殺する理由もないはずである。

……赤堀を動かしている者がいる。

と、新十郎は思ったのだ。

「ところで、利根崎、西崎という牢人の塒は分かったのか」

新十郎が、利根崎に目をむけて言った。

利根崎は痩せた上半身を折りまげるようにして屈んでいた。喉仏がビクビクと動いている。気が昂っているとき、そうなるのだ。

「く、黒江町の借家に住んでいるようです。で、ですが、まだ姿を見てませんので、はっきりしたことは」

利根崎が声をつまらせて言った。

「所在がはっきりしたら、先に西崎を捕らえてもいいいな」

「承知しました」

利根崎がけわしい顔でうなずいた。

第五章　偽装

1

「権六のやつ、だれかを待っているようだぞ」

駒造が脇に立っている浜吉に言った。

ふたりは、日本橋川の岸辺の柳の樹陰に身を隠していた。そこは、日本橋のたもとから半町ほど離れた場所だった。橋のたもとに立っている権六に、目をむけていたのである。

日本橋通りは、大勢の老若男女が行き交っていた。なかでも、日本橋のたもと近くは賑わい、肩が触れ合うほどごった返していた。人混みをさけるように、権六は日本橋川の岸際に身を寄せている。

「だれを待ってるんですかね」

浜吉が、権六に目をむけたまま言った。

駒造と浜吉は、権六を尾《つ》けてここまで来たのだ。駒造は、倉田から権六を尾行するよう言われ、ここ数日、権六を尾けまわしていた。

権六の家は、日本橋橘町の浜町堀沿いにあった。女房に縄暖簾を出した亀屋《かめや》という飲み屋をやらせている。権六も暇なときは店を手伝うようだが、ちかごろは午後になると家を出ることが多いようだ。

駒造も、一日中権六に張り付いているわけにいかないので、午前中は亀屋の前を通って様子をみるだけである。

今日も五ツ（午前八時）ごろ、駒造は浜吉を連れて亀屋の前を通ったが、店はしまっていたのでそのまま通り過ぎ、倉田の巡視の供をしたのだ。

駒造は巡視の供を終えると、様子をみてみようと思い、浜吉を連れて亀屋の前まで来たのだ。すると、戸口で男の濁声《だみごえ》が聞こえた。権六の声である。

駒造と浜吉は慌てて、隣家の脇にあった天水桶の陰に隠れた。店先から出てきたのは、やはり権六だった。

「おい、権六を尾けるぜ」

駒造は浜吉に小声で言い、日本橋まで尾けてきたのである。

七ツ（午後四時）ごろだった。陽は西の空にまわっていたが、まだ陽射しは強く、日本橋通りを行き交う人々を照らしていた。

そのとき、駒造は日本橋のたもとを行き来する人々のなかに、見覚えのある武士の姿を目にとめた。八丁堀ふうの格好である。

「おい、赤堀の旦那じゃァねえか」

「親分、赤堀の旦那だ」

浜吉が声を上げた。

見ると、権六が人波を分けるようにして赤堀に近寄っていく。どうやら、権六は赤堀を待っていたようだ。

「これから、見まわりですかね」

「馬鹿野郎、これから見まわりに行くかい。すぐに、陽が沈むじゃァねえか。それに、ここは赤堀の旦那の見まわりの道筋じゃァねえ」

赤堀は供も連れていなかった。駒造は、赤堀が巡視のおりに小者や岡っ引きなど三人ほど連れて歩くことを知っていた。

「お、親分、こっちに来やすぜ」

浜吉が慌てたような声で言った。

赤堀と権六は橋のたもとから離れ、日本橋川沿いの道をこちらに向かって歩いてくる。

「浜吉、あそこに隠れるんだ」

駒造は近くに桟橋につづく石段があるのを目にとめ、そこまで走った。浜吉も跟《つ》いてきた。

駒造たちは石段を数段下りてから足をとめ、通りに目をやった。

「ここからじゃァ、権六たちも見えねえ」

川岸近くを通る人の腰から上のあたりが見えるだけで、ほとんどの通行人の姿は見えなかった。その場だと、通りから駒造たちの姿も見えないだろうが、赤堀たちの姿も見えないのである。

「しょうがねえ。やつらが、通り過ぎるのを見計らって通りにもどるか」

駒造たちは、その場から動かなかった。

いっとき経ち、そろそろ通り過ぎるころだろう、と見当をつけてから、駒造と浜吉は石段を上がった。

「そ、そこ！」

浜吉が声を殺して言い、通りを指差した。

十間ほどの距離に、権六と赤堀の背が見えた。日本橋川沿いの通りを下流に向かって歩いていく。そこは魚河岸のある通りで、人通りは多かった。多少、声を出しても聞こえないだろう。

「尾けるぞ」

「へい」

ふたりは、石段から通りへ出た。

尾行は楽だった。大勢の人が行き交っていたので、人混みにまぎれることができたし、足音を気にすることもない。

「親分、やつらどこへ行くんですかね」

「さてな、一杯飲みに行くんじゃァねえようだ」

ふたりは、尾けながら言葉もかわした。雑踏の音で、声も掻き消されてしまうのだ。

権六と赤堀は賑やかな魚河岸を通り過ぎ、江戸橋のたもとを左手に折れた。

「まがったぜ」

駒造は足を速めた。権六たちの姿が見えなくなったからだ。

江戸橋のたもとまで行き、入堀沿いの道に目をやると、権六と赤堀の姿が見えた。ふたりは、道浄橋の方へむかって歩いていく。

「越前屋かもしれねえぞ」

駒造が言った。ふたりの向かった先に越前屋があったのだ。

権六と赤堀は道浄橋のたもとまで行くと、堀沿いの道を左手におれた。そして、越前屋に入っていった。

「やっぱり越前屋だぜ」

駒造と浜吉は、入堀沿いの料理屋の脇の柳の陰に身を隠した。以前、倉田が船頭の五助を呼んで話を聞いた場所である。

いっとき、駒造たちは柳の陰から越前屋の店先に目をやっていたが、赤堀たちは出てこなかった。赤堀たちは、店先でなく座敷に上がって話しているのかもしれない。

「浜吉、ひとっ走りして、倉田の旦那に知らせてくれ」

駒造は、倉田から権六や赤堀に変わった動きがあったら知らせてくれ、と指示されていたのだ。それに、ここから八丁堀の組屋敷までは近かった。倉田が駆け付けるまで、赤堀たちは店から出てこないと踏んだのである。

「合点で」

浜吉はすぐに柳の陰から通りに飛び出した。

暮れ六ツ（午後六時）ちかくなってから、倉田と浜吉は駒造がひそんでいた柳の陰に姿を見せた。ふたりはだいぶ急いで来たとみえ、倉田と浜吉の顔が紅潮して額にうっすらと汗が浮いていた。

「どうだ、赤堀と権六は、まだ店にいるのか」

倉田は赤堀と呼び捨てにした。横川たちを斬った一味とつながっていると確信したからであろう。

「まだ、店に入ったままで」

「だいぶ長く話し込んでいるようだな」

倉田は、赤堀が猪吉とおれんが捕らえられたことや大番屋で毒殺したことなどを越前屋勘兵衛に話しているのではないかと思った。ただ、推測だけで、確かな証は何もなかった。その証を何とかつかみたいのである。

陽が家並の向こうに沈み、樹陰や表店の軒下《のきした》などには淡い夕闇が忍び寄っていた。西の空が、血を流したような夕焼けに染まっている。

そろそろ暮れ六ツ（午後六時）の鐘が鳴るだろう。入堀沿いの通りの人影もだいぶすくなくなってきた。仕事を終えた船頭らしい男、出職の職人、風呂敷包みを背負った行商人などが、逢魔《おうま》が時の静けさから逃れるように足早に通り過ぎていく。

「旦那、出てきた！」

駒造が声を殺して言った。

見ると、越前屋の店先から三人の男が出てきた。赤堀、権六、それに恰幅《かっぷく》のい
い商家の旦那ふうの男がいっしょだった。勘兵衛である。倉田は、まだ越前屋に立ち寄ったことはなかったが、何度か店の前を通り、勘兵衛の姿を見ていたのである。

「やけに、親密そうだな」

店先で、勘兵衛と赤堀が身を寄せて話していた。ただ、ふたりはすぐに離れ、赤堀が勘兵衛に何か声をかけてから歩きだした。権六は赤堀に跟《つ》いていく。

ふたりは倉田たちが身をひそめている方へ歩いてきた。一方、勘兵衛は赤堀が店先から離れると、きびすを返して店にもどった。

そのとき、石町の暮れ六ツの鐘が鳴り始めた。重い鐘の音が、夕暮れの町に余韻をひいて流れていく。

倉田たちは樹陰から動かなかった。声さえ出さなければ、気付かれる恐れはな

かった。赤堀と権六が半町ほど離れたところで、倉田たちは通りへ出た。軒下や樹陰の暗がりをたどるようにして赤堀たちの跡を尾けていく。

赤堀と権六は江戸橋のたもとまで来ると足をとめ、何やら言葉を交わして別れた。赤堀はそのまま江戸橋を渡り、権六は日本橋川沿いの道を下流にむかって歩きだした。

「旦那、どうしやす」

駒造が訊いた。

「ふたりとも、家に帰るのかもしれんな」

「へえ……」

「念のため、駒造と浜吉は権六を尾けてくれ。おれは、赤堀を尾けてみる」

赤堀の向かった先は八丁堀であろう。倉田の帰り道である。

「承知しやした」

そう言い残し、駒造と浜吉は権六を追って川沿いの道を歩きだした。

倉田は赤堀につづいて日本橋を渡った。

思ったとおり、赤堀は途中どこへも寄らずに八丁堀の組屋敷にもどった。後で、駒造から聞いて分かったのだが、権六もそのまま亀屋に帰ったという。

2

赤堀を尾行した二日後、倉田が北町奉行所に出仕して同心詰所に入ると、先に来ていた利根崎がすぐに近寄ってきた。顔がいくぶん紅潮し、目に強いひかりがあった。何かつかんできたときの顔である。

「倉田さん、いたぞ」

利根崎が倉田に身を寄せて小声で言った。詰所には、養生所見廻りや高積《たかづみ》見廻りなどの同心が何人かいたのだ。

「西崎ですか」

倉田も声をひそめた。

「そうだ。昨日、黒江町の借家にもどったようだ」

利根崎によると、ふたりの手先が借家を見張っているという。

「すぐに、捕らえたいな」

倉田は間をおくと、また姿を消すのではないかと思ったのだ。

「おれもそう思うが、ともかく、彦坂さまに話してからでないとな」

「そうですね」

倉田と利根崎は同心詰所から出ると、与力詰所を覗いたが新十郎の姿はなかった。まだ、出仕してないようだ。

倉田たちは、表門の近くで待つことにした。そろそろ、新十郎が姿を見せるころだったからである。

小半刻（三十分）もすると、新十郎が姿を見せた。与力らしく継裃に平袴姿で、中間や小者など数人の供を連れていた。

新十郎は長屋門から入ってくると、倉田たちの姿を目にとめ、

「ここまででよい」

と供の者たちに声をかけ、倉田たちのそばに近寄ってきた。

「おれを待っていたのか」

新十郎が訊いた。

「はい、彦坂さまのお指図を受けようと思いまして」

利根崎が、すこし背を丸めた格好で言った。

「何の指図だ」

「西崎が借家に姿を見せました」

利根崎が新十郎に身を寄せて言った。

倉田はふたりからすこし離れ、表門と同心詰所の方に目をやっていた。赤堀が気になっていたのである。

「姿を見せたか」

新十郎の声がすこし大きくなった。

「いかがいたしましょうか」

「すぐに、捕らえよう。おれも行く」

新十郎が言った。

「彦坂さまもですか」

利根崎が驚いたような顔をした。下手人の捕縛《ほばく》に向かうおり、与力が指揮をとることはめずらしいことではなかった。ただし、捕物は吟味方与力でなく、当番方与力が勤めることになっていたのである。

「なに、捕物出役ではなく、吟味に向かったおりにたまたま下手人を目にし、捕らえたことにすればよいのだ」

そうしたやり方は、定廻り同心もよく使う手だった。奉行や与力に上申し、与力の捕物出役を待っている間に下手人が逃走する恐れがあるし、相手によっては同心と手先だけで十分なのだ。

「ここに待っておれ。まさか、この格好で行くわけにはいくまい」

そう言い置くと、新十郎は与力詰所に入り、裃から羽織袴に変えてきた。二刀を帯びている。

北町奉行所を出たのは、新十郎、倉田、利根崎、高岡、それに同心たちの供をしてきた小者と中間五人だった。五人は、いざというときに捕方として使うためである。西崎ひとりを捕らえるにしては、人数が多いがこれにはわけがあった。赤堀とその手先に尾行されるのを防ぐためである。

新十郎たちが奉行所を出て呉服橋を渡ったところで、倉田が新十郎に、

「われらは、すこし遅れてまいります」

と言って、足をとめた。

高岡も足をとめ、新十郎と利根崎が先に立った。

倉田たちは、新十郎たちが一町ほど離れてから歩きだした。ときおり、背後に目をやり、尾行者に気を配った。こうすれば、新十郎たちを尾けることはできないはずである。

先にいった新十郎たちは、深川に渡る永代橋のたもとで待っていた。ここまで

来れば、まず尾行者の心配はない。

「どうだ、跡を尾けていた者はいたか」

新十郎が倉田に訊いた。

「おりません。われらが、深川に向かったことは、赤堀たちも気付いていないようです」

倉田は赤堀の名を出した。昨日、倉田は赤堀が権六を連れて越前屋に出向き、勘兵衛と会っていたことを新十郎に話してあったのだ。

赤堀が横川たちを斬殺した一味とかかわっている疑いは強くなっていたが、確かな証拠は何もなかったし、なぜ赤堀が一味にくわわっているのかも分からなかった。およしやおとくが殺された理由すら、分かっていなかったのだ。推測だけで、町奉行所の同心である赤堀を捕らえることはできなかったし、しらをきられれば、新十郎にも手の打ちようがないだろう。

新十郎たちは永代橋を渡り、大川端を川下に向かって歩いた。そして、富ヶ岡八幡宮の門前通りに出たところで、利根崎が先に立った。

門前通りは賑わっていた。通り沿いには茶店、料理茶屋、そば屋などが並び、参詣客や遊山客などが行き交っている。

新十郎たちが掘割にかかる八幡橋を渡るとすぐ、

「こちらです」

と利根崎が言って、左手の掘割沿いの道へ入った。掘割沿いにひろがる地が、黒江町である。

そこは、寂しい通りだった。通り沿いには、八百屋、煮染屋、舂米屋《つきごめや》などの小体な店が多くなり、人影もまばらである。

数町歩くと、さらに通り沿いの店はすくなくなり、空き地や笹藪などが目立つようになってきた。通りの右手にこんもりと茂った笹藪があった。その影に、男がふたり身を隠していた。

「手先です」

利根崎がそう言ったとき、笹藪の陰から小柄な男が走り寄ってきた。丸顔で浅黒い顔をした男である。黒江町界隈を縄張にしている岡っ引きであろう。どうやら、西崎の塒は、笹藪の先にあるらしい。ふたりの手先は、笹藪の陰に身を隠して西崎を見張っていたようだ。

「吉助《きちすけ》、西崎はいるか」

すぐに、利根崎が訊いた。吉助という名らしい。

「おります。いま、ひとりですぜ」

吉助が、新十郎たちにも目をやりながら言った。吉助の顔に戸惑うような表情が浮いていた。身装《みなり》がちがうので、新十郎が与力だと分からなかったようだ。

利根崎と吉助のやり取りを聞いていた新十郎が、

「よし、すぐに仕掛けよう」

一同に、視線をまわして言った。

3

「この家です」

利根崎が指差した。

小体な仕舞屋だった。借家らしい古い家である。生け垣も板塀もなく、通りに面して戸口があった。右手は笹藪、左手は隣家の板塀になっている。

新十郎たちは、足音を忍ばせて戸口に近付いた。

戸口は板戸がしめてあったが、一寸ほどあいていた。引けばすぐにあきそうである。家のなかで、物音がした。障子をあける音につづいて、床板を踏むような音が聞こえた。西崎はなかにいるようである。

「裏手はあるのか」

新十郎が利根崎に小声で訊いた。

「あります。……家の脇から、まわれるようです」

利根崎が答えた。

「倉田」

新十郎が倉田に顔をむけて声をかけた。

「何でしょうか」

「西崎は、おれにまかせてくれ。せっかく、ここまで出張ってきたのだからな」

新十郎の剛毅そうな顔の口元に薄笑いが浮いていた。双眸には剣客らしい鋭いひかりを宿している。すでに、西崎と立ち合う気になっているようだ。

「おまかせいたします」

倉田が笑みを浮かべて言った。新十郎は中西派一刀流の加賀道場の兄弟子だったので、腕のほどは知っていたのである。

「それがしは、裏手から入りましょう」

表から踏み込むのは、新十郎と隠れ家をつきとめた利根崎にまかせよう、と倉田は思ったのだ。

「よし、仕掛けるぞ」

新十郎が、利根崎と手先たちにも目をむけて言った。

「彦坂さま、ご油断なきよう」

そう言い残し、倉田はふたりの手先を連れて家の脇から裏手へまわった。

新十郎は、すばやく袴の股だちをとった。西崎と立ち合うつもりだった。利根崎は袴の股だちをとっただけでなく、用意の細紐を袂《たもと》から取り出して襷《たすき》をかけた。

新十郎の顔が紅潮していた。久し振りの立ち合いで、気が昂っているのだ。

「行くぞ」

新十郎が声をかけた。

「はい」

利根崎が先に立った。西崎はまかせるにしても、与力の新十郎を先に踏み込ませるわけにはいかなかったのだ。

利根崎は朱房の十手を手にしていた。利根崎は刀でなく、十手を使うようだ。

手先たちも十手を手にし、こわばった顔をして戸口のまわりに集まっている。

利根崎が板戸をあけた。立て付けが悪いかったらしく、ゴトゴトと音をたてた。

利根崎につづいて吉助と手先たちが踏み込み、その後から新十郎が入った。

土間の先が板敷きの間になっていて、その奥に障子が立ててあった。

「だれだ！」

ふいに、障子の向こうで男の胴間声が聞こえ、人の立ち上がる気配がした。

「西崎稲三郎、姿を見せろ！」

新十郎が声を上げた。

一瞬、障子の向こうの物音と人の動く気配が消え、家のなかが静寂につつまれた。西崎が外の気配をうかがっているようだ。

「町方の者だ。神妙に縛につけい！」

さらに、新十郎が声を上げた。

ガラリ、と障子があいた。大柄な男が姿をあらわした。眉が濃く、ギョロリとした目をしていた。武辺者らしいいかつい面構えである。西崎であろう。

西崎は左手に黒鞘の大刀をひっ提げていた。そばにあった大刀をつかんで、姿を見せたらしい。

「うぬは、何者だ」

西崎が新十郎を見すえて誰何《すいか》した。

「北町奉行所《きた》の与力、彦坂新十郎」

「与力が、じきじきのおでましか。それで、おれに何の用だ」

西崎も気が昂っているらしく双眸がギラギラしていたが、臆《おく》した様子はなかった。腕に覚えがあるからであろう。

「同心、横川史之助を斬り殺した咎《とが》で、捕らえにきたのだ」

新十郎は、西崎が横川を斬った下手人かどうか分からなかったが、倉田や狭山を襲った五人のうちのひとりにまちがいないと踏んでいた。いずれにしても、吟味すれば何か悪事が出てくるはずである。

「町方同心を斬り殺したのは、おれではないぞ」

西崎が手にした大刀を腰に差しながら言った。おとなしく縄を受ける気はないようだ。

「ならば、同道して、ありていにもうすがよい」

「ことわる！」

言いざま、西崎が抜刀した。

これを見た利根崎が一歩前に踏み出し、

「お上に手向《たむ》かう気か！」

と、叫びざま、十手を前に突き出した。

土間にいた手先四人が、左右に分かれて板敷きの間に飛び上がった。そして、西崎を取りかこむようにまわり込み、御用！　御用！　と声を上げた。

「前をあけろ！　あけねば、斬るぞ」

西崎は低い八相に構え、腰をわずかに沈めた。切っ先が障子や鴨居《かもい》に触れないように構えたのである。

……なかなかの遣い手だ。

と、新十郎はみてとった。

西崎の構えは腰が据わり、隙がなかった。ただ、八相に構えた刀身がかすかに揺れていた。気の昂りで体が硬くなり、肩に凝《こ》りがあるのだ。

「やむをえぬ」

新十郎は抜刀すると、すこし、下がれ、と利根崎と手下たちに命じた。刀をふるうだけの間がなかったのである。

新十郎は刀を手にして板敷きの間に上がると、切っ先を敵の胸につける低い青眼に構えた。西崎の低い八相に対応したのである。

西崎が驚いたような顔をした。新十郎の構えを見て遣い手と察知したのだろう。

町奉行所の与力が剣の遣い手とは思わなかったにちがいない。

「おぬし、何流を遣う」

西崎が訊いた。

「一刀流。……そこもとは？」

このとき、新十郎は罪人と対峙していると思わなかった。ひとりの剣客として、立ち合う気になっていたのだ。それで、西崎の剣の流派を訊いたのである。おそらく、西崎も同じ気持ちにちがいない。悪党ではあったが、剣客としての矜持《きょうじ》は持っているようだ。

「おれは、神道無念流を遣う」

言いざま、西崎が一歩踏み込んだ。

八相の構えに気魄がこもり、全身に斬撃の気がみなぎってきた。顔が赭黒《あかぐろ》く染まり、双眸が炯々《けいけい》とひかっている。

新十郎は、切っ先を西崎の胸に当てたまま動かなかった。気を鎮めて敵の斬撃の起こりをとらえようとしていた。

利根崎と手先たちも動かなかった。新十郎と西崎の気魄と剣気に呑まれ、動けなかったのである。いずれも、十手を前に突き出すように構え、息を呑んで新十郎と西崎を見つめている。

ジリッ、ジリッ、と西崎が間合をせばめてきた。家のなかは緊張と静寂につつまれ、西崎が足裏で床板を擦る音だけが聞こえていた。

西崎が一足一刀の間境まであと半歩に迫ったとき、ふいに裏手で引き戸をあける音がした。倉田たちが踏み込んできたらしい。

ピクッ、と西崎の両拳が上がり、全身に斬撃の気がはしった。刹那、西崎の大柄な体がさらに膨れあがったように見えた。

イヤアッ！

トオッ！

西崎と新十郎がほぼ同時に気合を発し、体《たい》を躍動させた。

次の瞬間、二筋の閃光がはしった。

西崎の切っ先が八相から袈裟《けさ》へ。新十郎は体を右手にひらきながら、低い青眼から跳ね上げるように逆袈裟へ。

ザクッ、と新十郎の羽織の肩先が裂けた。西崎の切っ先がとらえたのである。

一方、西崎の右の前腕から血が噴いた。新十郎のふるった一撃が、前に突き出された西崎の右腕を斬り上げたのである。

ふたりは間合をとって、ふたたび八相と青眼に構えあった。

西崎の刀身が大きく揺れていた。新十郎に右腕を斬られ、右手が自在に動かないのである。

「勝負、あったな」

新十郎が言った。西崎はまともに刀を構えることもできないようだ。

「まだだ！」

西崎が叫んだとき、

「神妙にしろ！」

叫びざま、利根崎が西崎の右手から踏み込み、十手を振り下ろした。

十手が西崎の右腕を強打し、西崎の手にしていた刀が足元に落ちた。これを見た手先たちが左右から飛び込むような勢いで踏み込み、西崎の両肩をつかんで床に押し倒した。

「縄をかけろ！」

利根崎が、声を上げた。

手先たちは、西崎の両腕を後ろに取り、細引を取り出して手慣れた手つきで早縄をかけた。

そのとき、新十郎に歩を寄せた倉田が、

「彦坂さま、おみごとでございます」

と、声をかけた。

「ひさしく稽古してなかったが、おれの腕もまだ鈍ってはおらぬな」

新十郎が満足そうな顔をして言った。

「お怪我がなくて、なによりでございます」

倉田が、新十郎の裂けた羽織に目をやりながら小声で言った。

4

新十郎は、縄をかけた西崎を板敷きの間に座らせた。大番屋へ連れていく前に、この場で吟味しようと思ったのである。それというのも、大番屋には赤堀たちの目があり、どのような手を打ってくるか知れなかったのだ。

西崎の顔には苦痛の色があったが、悲鳴や呻き声を上げるようなことはなかった。口をひき結び、憮然とした顔で虚空を見すえている。右の前腕からの出血が袖を蘇芳《すおう》色に染め、袖口から滴《したた》り落ちていた。出血は多いようだが、命にかかわる傷ではないようだ。

「西崎、大番屋に連れていく前に訊いておきたいことがある」

新十郎が西崎の前に腰を落として訊いた。

「おぬしに、話すことなどないな」

西崎が視線を虚空にむけたまま言った。顔がこわばり、いくぶん蒼ざめていた。恐怖や怯えの色はないが、いま、自分が土壇場《どたんば》に座らされていることを自覚しているのだろう。

「まァ、そう言うな。まず、訊くが、ここにいる倉田たちを襲ったのは、なぜだ」

新十郎がおだやかな声で訊いた。

「何のことか分からんな」

西崎が抑揚のない声で言った。視線が揺れている。

そのとき、倉田が言った。

「西崎、しらをきっても無駄だな。おれは、はっきりとおまえの体付きや剣の構えを覚えている」

「……！」

西崎は新十郎の脇に立っている倉田に目をやり、襲った相手が目の前にいては、言いのがれはできんな、と口元にひき攣《つ》ったような笑いを浮かべて言った。

「金か」

新十郎は、西崎が何者かに金をもらい、倉田たちを斬ることを承知したのではないかとみていたのだ。

「そうだ」

西崎は覚悟をきめたようだ。

「だれに頼まれたのだ」

「寺田《てらだ》宗兵衛《そうべえ》、牢人だ」

西崎によると、寺田とは深川の賭場《とば》で知り合い、金になる話があると誘われたそうだ。

「おぬしと、もうひとりの同心のどちらを斬っても、五十両くれると言われてな。その気になったのだ」

西崎が口元に自嘲《じちょう》するような笑いをうかべた。

「寺田宗兵衛も、おまえといっしょに倉田たちを襲ったのか」

「そうだが、おれが手を貸したのは、おぬしたちを襲ったときだけだぞ」

西崎が念を押すように言った。覚悟はしたようだが、すこしでも罪を軽くしたい思いはあるのだろう。

「寺田は、痩せた男だな」

脇から倉田が訊くと、西崎は無言でうなずいた。

「横川を斬ったのは、寺田か」

新十郎が訊いた。

「そうらしいな。おれも猪吉から聞いただけなので、くわしいことは知らぬ」

「横川を襲ったのは、寺田と猪吉だな」

さらに、新十郎が訊いた。

「そのようだが、町方はすでに猪吉を捕らえたのではないのか。そんな噂を耳にしたぞ」

「いかにも、捕らえた」

「猪吉は吐かなかったのか」

西崎が新十郎に目をむけて訊いた。

「吐く間もなかったのだ。……猪吉と情婦《いろ》のおれんは、口封じのために牢内で毒を盛られて殺されたよ」

「なに！」

西崎が驚いたように目を見開いた。

「毒を盛ったのは、だれだと思う。いつでも大番屋に来て、牢内の猪吉たちと話ができる男だ」

新十郎は巧みに水をむけた。まだ、毒を盛ったのはだれか、はっきりしていたわけではなかった。

「赤堀か……」

西崎が言った。

新十郎は、やはり赤堀だったか、と胸の内でつぶやいた。これで、赤堀がおよしたちを殺した一味に荷担していたことが、はっきりした。おそらく、毒を盛ったのも赤堀であろう。

新十郎の顔に、強い怒りの色が浮いた。

赤堀は犯罪の探索にあたる町奉行所の同心である。こともあろうに、その男が人殺し一味に味方して町方の情報を洩らしていたのである。

「赤堀が、おまえたちに町方の探索の様子を伝えていたのだな」

新十郎は怒りを抑えて訊いた。

「おれは、赤堀と話をしたことがないのでな、くわしいことは知らぬ」

「赤堀も金で動いていたのだろうが、おまえや赤堀に金を渡していたのはだれだ」

新十郎が語気を強くして訊いた。

赤堀の渡された金は、なまじの金額ではないはずだ。町奉行所の同心にとって犯罪者に与《くみ》することは、己のすべてを賭けるほどの決心がいるだろう。

「越前屋だと聞いている」

「やはり、越前屋か」

倉田が声を上げた。

いっとき、次に口をひらく者がなく、板敷きの間は重苦しい雰囲気につつまれていたが、新十郎が西崎に目をむけ、

「ところで、西崎、およしと千次郎が相対死に見せかけて殺された話を聞いているか」

と、訊いた。

「寺田と猪吉が、それらしい話をしてるのを耳にしたことがある」

「おとくが水死に見せかけて殺されたことは？」

「それは、知っている」

西崎によると、その場にはいなかったが、猪吉、島次《しまじ》、磯五郎《いそごろう》の三人で、おとくを水死に見せかけて殺し、大川に流したそうだ。また、島次と磯五郎は猪吉の遊び仲間だった男で、十軒町で倉田たちを襲った五人のうちのふたりだという。

これで、倉田たちを襲った五人のすべてが分かった。武士が寺田と西崎、それに町人が猪吉、島次、磯五郎である。

「なにゆえ、娘たちを攫い、相対死や水死に見せかけて殺したのだ」

新十郎が訊いた。

倉田や利根崎たちの目が、新十郎と西崎にそそがれている。倉田たちにとっても、そのことは謎だったのだ。

「およしと千次郎のことは知らぬが、おとくは極楽から逃げ出そうとしたからだと聞いている」

「極楽とは？」

「おれは行ったことがないが、向島に極楽屋敷があるそうだ。そこには、天女のような娘がいて、極楽を味わえるとのことだ」

「極楽屋敷だと！」

思わず新十郎が声を大きくして聞き返した。

「そこは、この世の極楽だそうだ。……町方同心も極楽を味わい、狂ったのだろうよ。もっとも、極楽を見たお蔭で、地獄行きだろうがな」

西崎の顔に嘲笑《ちょうしょう》が浮いたが、すぐに消えた。自分が置かれている立場を自覚したのであろう。

「……」

どうやら、赤堀の目がくらんだのは金だけではないようだ。極楽のような歓楽を味わわされ、籠絡《ろうらく》されたのであろう。むろん、極楽のような味わいのほかに、多額の金も渡されているはずだ。

「向島の極楽屋敷は、どこにあるのだ」

新十郎が訊いた。

「おれは行ったことがないので、どこにある知らんが、越前屋の舟で行くらしいぞ」

「越前屋の舟か」

新十郎は、越前屋の船頭に訊けば、舟の行き先が分かるのではないかと思った。

「ところで、西崎、寺田の塒《ねぐら》はどこだ」

新十郎は、寺田の塒を知りたかった。何としても捕らえたいひとりである。

「塒は知らんが、向島にいるのではないかな」

「極楽屋敷か」

「屋敷の用心棒役もかねているようだ」

「島次と磯五郎は？」

「そやつらも、極楽屋敷にいるはずだ。いなければ、越前屋に訊いてみたらどうだ」

「そうしよう」

新十郎は立ち上がった。

西崎の供述で、事件の全貌が見えてきた。ただ、極楽屋敷にどのような者たちが集まり、何がおこなわれているのか、はっきりしなかった。天女のような女がいる、と西崎が口にしたので、女たちを弄《もてあそ》んでいるのではないかとは想像できたが、それだけではないようだ。それに、越前屋がどうかかわっているのかも、まだみえていないのだ。

「彦坂さま、この男、どうします」

利根崎が訊いた。

「大番屋へ連れていく」

大番屋で、西崎から口上書をとらねばならなかった。猪吉のように命を狙われたとしても、すでに西崎の知っていることは聞き取っていたので、口をふさがれる恐れはないのである。それに、これ以上赤堀と権六を泳がせておくつもりはなかった。今日のうちにも手を打って、ふたりを捕らえるつもりだった。

5

その日、西崎を南茅場町の大番屋へ連行し、ひとまず仮牢に入れたが、すでに暮れ六ツ（午後六時）ちかくなっていた。

新十郎は集まった鬼彦組の面々に、

「ただちに、赤堀と権六を押さえろ！」

と、命じた。明朝まで待たず、すぐに動いたのである。

倉田、根津、高岡、利根崎の四人が、数人の手先を連れて赤堀の住む組屋敷にむかった。相手は同じ奉行所の同心ということもあって、他の与力や同心に不審をいだかれないように、倉田たちは物々しい捕物出役装束に身を変えることなく、ふだんの巡視の格好のままだった。

一方、権六の住む亀屋には狭山と田上がむかった。狭山たちには駒造をつけた。亀屋に案内させたのである。

だが、赤堀は組屋敷にいなかった。家人にそれとなく訊くと、赤堀はいつもより早く、八ツ（午後二時）前には巡視からもどり、すぐに羽織袴に着替えて家を出たという。赤堀の行き先は、分からないそうだ。

また、権六も亀屋にいなかった。権六は、四ツ（午前十時）ごろ、亀屋を出たままもどらないそうである。

大番屋で、新十郎は倉田や狭山から事情を聞くと、

「ともかく、明日だ。明朝、ここに集まってくれ」

と、指示した。すでに、町木戸のしまる四ツ（午後十時）ちかかった。今夜は、動きようがないのである。

翌朝、六ツ半（午前七時）ごろ、新十郎が大番屋へ行くと、すでに倉田、根津、狭山の姿があった。同心の住む組屋敷は、南茅場町の大番屋から近いので、朝餉《あさげ》がすむとすぐに駆け付けたのであろう。

「西崎はどうした」

新十郎が、倉田たちに訊いた。猪吉とおれんのことがあったので、もしやと思ったのである。

「大事ないようです」

倉田が答えた。すでに、倉田は仮牢に足を運び、西崎の様子を見ていたのだ。

「赤堀と権六は、われらの動きに気付いて逃げたのかもしれんな」

新十郎が言った。

「それにしても、早い」

倉田が信じられないような顔をした。

「まったくだな」

新十郎も、すこし早すぎる気がした。

そんなやり取りをしている間に、利根崎と田上が駆け付けた。ふたりは、恐縮したような顔をして近寄ってきた。新十郎より遅くなったからである。

「高岡の姿が見えないが……」

新十郎は気になった。高岡の住む組屋敷は大番屋の近くだし、こうした集まりに高岡が遅れることはなかったのである。

そのとき、戸口の引き戸があき、高岡が慌てた様子で走り寄ってきた。走りづめで来たのか、高岡は顔を紅潮させ、荒い息を吐いていた。

「ふ、ふたりが、死んでいます!」

高岡が声をつまらせて言った。

「ふたりとは、だれだ」

新十郎が訊いた。

「あ、赤堀さんと権六です」

「なに!」

思わず、新十郎が声を上げた。倉田たちも驚いたような顔をして、息を呑んでいる。

「今朝、手先から鉄砲洲稲荷に死体があると聞いて、見てきました」

「まちがいなく、赤堀と権六なのか」

新十郎が念を押すように訊いた。

「まちがいありません。ふたりの顔を見ました」

「殺されたのか?」

「分かりません。自害のようにも見えましたが……」

高岡には、判断がつかなかったらしい。

「行ってみよう」

すぐに、新十郎は戸口から外へ出た。倉田たちも、新十郎の後につづいた。

大番屋を出て亀島河岸を南にたどり、永島町と日比谷町を過ぎると、前方に八丁堀にかかる稲荷橋が見えてきた。橋上を、人々が行き交っている。ぼてふり、風呂敷包みを背負った店者、職人ふうの男などが目に付いたが、供連れの武士の姿もあった。

新十郎たちは、足早に稲荷橋を渡った。

橋を渡り終えると、左手に鉄砲洲稲荷の杜がひろがり、木々の間から鳥居や祠《ほこら》も見えた。

「こちらです」

高岡が先に立った。

稲荷の鳥居をくぐって境内に入ると、高岡は祠の脇へむかった。そこは、数本の太い松が枝葉を伸ばして陽射しを遮り、薄暗くなっていた。太い松の幹の間に、人だかりができている。

近所の住人たちに混じって、町方同心がふたりいた。北町奉行所の者である。ひとりは高積見廻りで、もうひとりは牢屋見廻りだった。おそらく、人が死んでいると聞いて駆け付けたのだろう。ふたりは新十郎の姿を見ると、こわばった顔で頭を下げ、背後に身を引いた。

「道をあけろ！」

倉田が声をかけると、集まっていた男たちが慌てた様子で左右に身を引いた。人垣のなかほどがあくと、地面に俯《うつぶ》せに倒れている男の姿が見えた。男の首筋あたりがどす黒い血に染まり、地面にも血が飛び散っている。

新十郎たちは、倒れている男のそばに集まった。男は小袖に袴姿だが、羽織が丸めて脇に置いてあった。

伏臥している男は、首をねじるようにまげて顔を横にむけていた。一目で死んでいることが知れた。男は右手に小刀をつかんでいた。その切っ先に黒ずんだ血が付いている。

新十郎が倒れている男の顔を覗き込んで、

「赤堀だ」

と、小声で言った。

赤堀は細く目をひらき、苦悶に顔をゆがめていた。顔は土気色をし、顎のあたりがどす黒い血に染まっていた。首筋に刃物で掻き斬ったような傷がある。

「わたしに見させてください」

根津が死体の前に進み出た。

「ここは、根津にまかせよう」

新十郎がすこし身を引くと、倉田たちも後ろに下がった。屍視《おろくみ》の彦兵衛に検屍はまかせたのである。

根津はすぐに死体に手を触れず、俯せになっている赤堀の姿勢を見た後、まわりの地面の足跡、血の飛び散りぐあいなどを見た。

「大刀は」

根津が顔を上げ、倉田たちに視線をまわして訊いた。

「松の木の根元にあります」

高岡が言った。

「鞘に納まっているのか」

「抜いた様子はありません」

「そうか」

根津は死体に目をもどすと、肌が露出している部分をつぶさに見ていた。肌の変色の様子を見ているらしかった。それが済むと、今度は腕を持ち上げたり、腕をつかんだりしていた。どうやら、肌の色の変化と体の硬くなり具合をみたらしい。いわゆる死斑《しはん》と死後硬直である。

「高岡、手伝ってくれ」

根津は高岡の手を借りて、ゆっくりと死体を仰向けにした。

赤堀の小袖の襟が大きくひろげられ、腹が横に裂け、肉がひらいて薄茶色の臓腑が覗いていた。首筋にもえぐったような傷があり、肩口や胸にどす黒い血が飛び散っていた。

「赤堀は腹を切ったのか」

新十郎が言った。

赤堀は腹を切ったが、死にきれず、とどめのつもりで首筋を掻き切って果てたように見えた。

「いえ、殺しです」

根津が断言するように言った。

「なに、殺しだと」

新十郎が聞き返した。

「はい、腹を切って自害したように装った殺しです。……見てください。首筋からは激しく出血していますが、腹からはほとんど血が出ていません。つまり、首を斬られて死んだ後で、何者かが腹を切ったのです」

「うむ……」

「もうひとつ、死んだ後で腹を切られた証があります。赤堀が腹を切った後、死に切れずに首を切ったのなら、むき出しになった腹にも血が飛び散っているはずですが、腹には飛び散った血が付いていません」

「さすが、根津だ」

新十郎は感服した。根津は、自害を装った殺しと見事に見破ったのである。

「死骸《ほとけ》の硬くなりぐあいから見て、殺されたのは昨夜の四ツ（午後十時）過ぎでしょう」

根津が、集まった男たちを見やりながら女のように細い声で言った。検屍のときは、その声に凄みを感じさせた。

つづいて、根津は五間ほど離れた松の樹陰で死んでいた権六の死体も検屍した。こちらは、首筋から肩にかけて深く斬られたもので、自害を装っている様子はまったくなかった。

「根津が殺しと見破らなければ、赤堀が権六を斬った後、自害したとみるだろうな」

新十郎が虚空に視線をむけたまま小声で言った。

「何者が、赤堀を斬ったのでしょうか」

倉田が訊いた。

「何者かは知れぬが、口封じだな。……これまでの、およしと千次郎の相対死に見せた殺し、おとくの水死に見せた殺し、そして、今度の自害に見せた殺し……。いずれも、同じ手と見ていいのではないか」

新十郎は、事件の影に得体の知れない黒幕がひそんでいるような不気味さを覚え、思わず身震いした。

第六章 極楽屋敷

1

「旦那、舟を出しやすぜ」

船頭の盛助《もりすけ》が、声を上げた。

倉田は、南茅場町にある大番屋の裏手にある桟橋にいた。そこは、鎧《よろい》ノ渡しより下流にあるちいさな桟橋だった。近くの廻船問屋の専用の桟橋で、猪牙舟《ちょきぶね》が数艘舫《もや》ってあるだけである。

倉田は盛助の漕ぐ舟で、向島まで行くつもりだった。舟には、倉田の他に駒造と浜吉が乗り込んだ。

盛助は三月ほど前まで越前屋に雇われていた船頭だが、些細なことで番頭の重蔵と口喧嘩をしてやめさせられ、いまは別の店の船頭をしていた。

倉田が駒造に、越前屋のことを知っている者はいないかと訊くと、あっしが探してみやしょう、と言って、連れてきたのが盛助だった。駒造は、店をやめさせられた盛助なら越前屋の都合の悪いことでもしゃべると踏んだようだ。

盛助から話を訊いたのは、倉田だった。倉田は盛助に、

「極楽屋敷のことを知っているか」

と、切り出した。

「極楽屋敷ですかい。……聞いたことがねえなァ」

盛助は、首を横に振った。

「向島に、越前屋のあるじや番頭などが行くことはないか」

倉田は向島を持ち出してみた。

「ありやすよ。旦那や番頭が、ちょくちょく行ってましたぜ」

すぐに、盛助が言った。

「向島のどこへ行っていたのだ」

越前屋の得意先が向島にあるとは思えなかった。それに、あるじと番頭が、頻繁に行っているのも異常である。

「先代の隠居所でさァ」

「先代の隠居所が、向島にあるのか」

「へい、与兵衛《よへえ》さんといいやしてね。もう、八十ちかい爺さんで、耄碌《もうろく》しちまって寝たきりだと聞いてやすぜ」

「そこへ、見舞いに行くのか」

「へい、いつも舟で行きやす。あっしも、桟橋まで何度か送ったことがありやすぜ」

盛助によると、近くの桟橋まで舟で送り、帰りを待たずに帰っていい、と言われ、隠居所まで行ったことはないという。

「うむ……」

妙だな、と倉田は思った。親の隠居所に様子を見に行くことは、何の不思議もない。だが、番頭が行くのはおかしいし、舟を帰してしまうのも腑《ふ》に落ちない。

「隠居所に行ったあるじや番頭は、どうやって帰るのだ」

伊勢町から向島までは遠方だが、舟を使わずに帰るのであろうか。

「隠居所にも、奉公してるやつがいるんでさァ。ふだんは、下働きをしてるそうですがね。……船頭だったらしく、舟は扱えるようですぜ」

「……」

倉田は、盛助の話を聞いても納得しなかった。帰りに別の舟を使うためには、舟を一艘用意して向島にとめておかねばならないだろう。あまりに、無駄ではないか。行った舟で帰れば、どうということはないのである。船頭を隠居所に入れたくないからではあるまいか、と倉田は思った。

倉田はともかく隠居所に行ってみようと思い、盛助に舟を出してもらうことにしたのである。

盛助の漕ぐ舟は桟橋を離れると、水押《みお》しを下流にむけた。日本橋川から大川へ出て向島にむかうのである。

中洲とよばれる大川の浅瀬を過ぎると、前方に新大橋が見えてきた。盛助は巧みの艪をあやつって水押しを川上にむけた。

白い水飛沫《しぶき》を上げて、倉田たちの乗る舟は大川をさかのぼっていく。

五ツ半（午前九時）ごろだった。曇天《どんてん》で風があるせいか、川面は鉛色《なまりいろ》を帯びて波立ち、無数の起伏を刻んでいた。空をおおった雲の下を、大川の流れが江戸湊の彼方まで滔々《とうとう》とつづいている。その川面《かわも》を、客を乗せた猪牙舟、屋根舟、荷を積んだ高瀬船、艀《はしけ》などが行き交っていた。

左手の陸地には、日本橋とその先の浅草の家並が折り重なるようにつづき、右手には深川、本所の家並みがひろがっていた。

やがて、舟は両国橋をくぐり、前方に吾妻橋が迫ってきた。吾妻橋の先の右手には、墨堤の桜並木が見えてきた。その辺りが、向島である。墨堤の桜並木は八代将軍の吉宗が植樹させたといわれ、江戸の桜の名所として知られていた。

舟は水押しを右手に寄せて向島へむかっていく。

吾妻橋をくぐると、右手に水戸家の下屋敷が近付いてきた。

水戸屋敷の前を通り過ぎると、盛助はさらに舟を岸に寄せた。竹屋の渡しと呼ばれる渡し場があったが、盛助はそこには舟をとめず、さらに上流へと舟を進めた。

「そろそろ着きやすぜ」

艪を漕ぎながら、盛助が声を上げた。

前方にちいさな桟橋があった。近くに人影はなく、寂しい場所だった。猪牙舟が二艘だけ舫ってあり、波と戯れるように揺れている。

盛助は水押しを二艘の舟の間に進め、桟橋に船縁を付けた。

「下りてくだせえ」

盛助が声をかけると、倉田たちはすぐに桟橋に飛び下りた。

倉田は盛助が舫い綱を杭につなぐのを待ち、

「越前屋のあるじたちは、ここから先、どこへ行ったか分かるか」

と、訊いた。

「舟を下りた後、川上にむかって行くのを見やしたぜ」

盛助は桟橋に下り、川沿いの道を指差した。

「川上に、行ってみるか」

盛助の先導で、倉田たちは土手の小径《こみち》をたどって、大川沿いの通りに出た。通りの両側に桜並木がつづき、道を深い緑でおおうように枝葉を茂らせていた。桜の季節には大勢の遊山客で賑わう通りだが、いまは人影もまばらである。

この辺りは、寺島村だった。通りの右手に、桜の葉叢《はむら》の間から田畑と寺社の杜が見えた。白髭神社と、その先にある法泉寺である。

倉田は前方から歩いてくる男を目にとめ、話を訊いてみようと思った。男は寺島村に住む百姓であろうか。竹籠を背負い、鍬《くわ》を手にしていた。継ぎ当てのある腰切半纏《こしきりばんてん》に股引姿で、汚れた手ぬぐいで頬っかむりしている。

「つかぬことを訊くが」

倉田は男の前に立って声をかけた。

「へえ……」

男は怯えたような目を倉田にむけた。いきなり、武士体の倉田に呼びとめられたからであろう。倉田は八丁堀ふうでなく、羽織袴姿で来ていた。軽格の御家人といった格好である。駒造や盛助は、小者と中間に見えたはずである。

「この辺りに、隠居所はないかな。「越前屋の隠居が住んでいるはずだが」

倉田は越前屋の名を出して訊いた。

「隠居所はありやすが……」

男は首をひねった。隠居の主が、越前屋の隠居かどうか分からないのであろう。

「越前屋は、日本橋伊勢町にある米問屋だ」

倉田が言い添えた。

「そういやァ、米問屋のご隠居が住んでると聞いたような気がしやす」

男が目をしばたたかせながら言った。

「その隠居所は、どこにあるな」

「へえ、この先に、白髭神社がありやしてね。その前《めえ》の道を入《へえ》った先で……」

男が振り返って、白髭神社のある方を指差した。

「そうか」

倉田は男に礼を言って別れた。

白髭神社の近くまで行くと、道が二股になっていた。右手の道を行くと白髭神社の前に出るようである。

倉田たちは右におれた。白髭神社の前を通り過ぎ、しばらく歩くと田畑や雑木林などがひろがっていた。鄙《ひな》びた地だった。百姓家が点在するだけで、民家はあまり見られなかった。辺りは森閑としている。田畑を渡ってきた風のなかに涼気があり、かすかに野鳥の鳴き声が聞こえた。

「どこにあるか分からんな」

隠居所らしい家屋は見当たらなかった。

「旦那、そこにいる百姓に訊いてみやしょう」

駒造が脇の田圃《たんぼ》を指差して言った。

見ると、田圃の畔道《あぜみち》に身をかがめて草を刈っている百姓がいた。一尺ほどに伸びた稲の先に頭と肩だけが見えている。

駒造は倉田たちを残して、畦道へ入っていった。

駒造は百姓と何やら言葉を交わしていたが、すぐにもどってきた。

「旦那、この先を右手に行くと、隠居所があるそうですぜ。……あの林のなかだそうで」

駒造が右手を指差した。

なるほど、右手の田畑の先に雑木林がひろがっている。

2

田畑のなかの小径を二町ほど歩くと、その先が雑木林になっていた。思ったより、ひろい林で、栗、椚《くぬぎ》、紅葉《もみじ》などの雑木林のほかに松林もひろがっていた。静閑な地で、隠居所のほかに富商の別邸などもあるようだった。

林のなかに入ると、野鳥の鳴き声が聞こえてきた。林の奥で、カサカサと小動物が枯葉を踏むような音がした。雉《きじ》か野兎でもいるのかもしれない。

「隠居所はどこですかね」

浜吉が、林のなかに目をやりながら言った。

「林のなかを一町ほど歩くと、突き当たると言ってたのだがな」

駒造が、目を見開いて前方を見つめている。

「あれだ」

駒造が言った。

前方の雑木や松の葉叢《はむら》の間に、家屋の屋根が見えた。林といっても、その辺りは松がまばらに生えているだけだった。家のまわりに生け垣がまわしてあった。隠居所とは思えないような大きな家屋である。納屋や奉公人を住まわせておく長屋造りの家屋もあった。

「待て、迂闊《うかつ》に近付くな」

倉田は小径に足をとめて、駒造たちを制した。

前方の家屋が、越前屋の隠居所で極楽屋敷と呼ばれるところなら、寺田や島次たちがいるかもしれないのだ。こちらの姿を目にすれば、逃げ出すか襲ってくるか、黙って見逃すことはないはずである。

「身を隠しながら、近付いてみよう」

倉田は灌木や太い松の幹などの陰をたどり、足音をたてないようにして前方の家屋に近付いていく。駒造たち三人も、身を隠しながら倉田の後についてきた。

高い生け垣だった。倉田たちは足音を忍ばせて生け垣に近付き、張り付くように身を寄せた。生け垣のなかから、倉田たちの姿は見えないはずである。

家から物音も話し声も聞こえてこなかった。もっとも、生け垣は家から離れていたので、ちいさな音では倉田たちの耳にとどかないだろう。

倉田たちは、生け垣の隙間からなかを覗いてみた。その辺りは家の脇らしく、すぐ近くに納屋があった。

裏手も見えた。裏手には奉公人の住む長屋があった。長屋といっても、三部屋分ほどのちいさな家屋である。

「前へまわってみよう」

倉田たちは足音を忍ばせて生け垣沿いを歩き、家の前の方へ移動した。

家の前に庭があった。松や梅が植えられ、砂利が敷かれている。庭の先は数本の松が形のいい枝を伸ばしているだけで、視界がひらけていた。松の樹間の先に、墨堤の桜並木と大川の流れがひろがっている。どうやら、この隠居所は眺望のいい風光明媚《ふうこうめいび》な地を選んで建てられたらしい。隠居所ではあるが、別邸としても利用しているのかもしれない。家屋も隠居所としてはひろすぎるのだ。

「だれか、出てきた」

駒造が声を殺して言った。

見ると、庭に面した縁側に男がひとり姿を見せた。武士らしい。小袖、袴姿で大刀を左手に提げていた。中背で痩身である。

……あやつ、寺田かもしれぬ。

倉田は、武士の体軀が十軒町で切っ先を合わせた男のそれに似ていると思った。だが、遠方なので、はっきりしない。

武士は縁側から庭に下りた。沓脱石《くつぬぎいし》の上に草履が置いてあったらしい。武士は刀をひっ提げたまま庭に出てきた。庭のなかほどで足をとめて大刀を腰に差すと、ゆっくりとした動きで抜刀した。

武士は青眼に構えた後、刀身を振り上げて八相にとった。

……やつだ！

倉田は武士の構えを見て、十軒町で立ち合った男と確信した。寺田にまちがいない。

寺田は短い気合を発し、八相から袈裟に斬り下ろした。すぐに八相に構え、ふたたび斬り下ろした。真剣を遣っての素振りである。

いっとき、倉田は寺田の素振りを見ていたが、島次や磯五郎もいるかもしれない、と思い、裏手にまわってみることにした。それに、隠居所への出入り口や間取りなども、外観から分かる範囲内でつかんでおきたかったのだ。

倉田たちは、寺田に気付かれないように足音を忍ばせ、生け垣沿いを引き返し、さらに裏手へまわった。

裏手が隠居所への出入り口になっているらしかった。木戸門があった。林のなかから小径が、門の前につづいている。

門扉は閉じられていた。ただ、高い扉ではなく、身の軽い者なら簡単に越えられそうである。

倉田たちは木戸門の前を通り、家の反対側にまわってみた。そこは、松の疎林になっていて、隠居所の母屋のすぐ近くに生け垣がまわしてあった。

倉田たちは生け垣に身を寄せ、母屋の様子をうかがった。生け垣の隙間からなかを覗いたが、板壁と戸袋、それに締め切った板戸が見えるだけだった。

家のなかで、かすかに畳を踏むような音がした。衣擦《きぬず》れの音もする。板戸の先に、だれかいるようである。座敷になっているのかもしれない

かぼそい声が聞こえた。女の声らしい。内緒話でもしているようだった。話の内容は聞き取れなかったが、その声からまだ若い女らしいことが知れた。

そのとき、ふいに障子をあけるような音がし、男の声が聞こえた。

「ふたりで、何を話してるんでえ」

男の声に、嘲《あざけ》るようなひびきがあった。女はふたりいるらしい。男はヒソヒソ

話をしているふたりの女に言ったらしい。

女から返答はなかった。

「ここから、逃げようなどと考えるなよ。おめえたちは、おとくのように水を飲まされて大川に流されたくねえだろう」

男はそう言った後、嘲笑《あざわら》うような甲高い笑い声を上げた。そして、障子をしめる音がし、つづいて床板を踏むような音が聞こえた。

足音が遠ざかっていく。男は座敷を覗いて女たちに声をかけ、そのまま立ち去ったらしい。女たちの様子を見に来たのかもしれない。

……ここが、極楽屋敷だ！

と、倉田は確信した。おとくはここにいて、逃げようとしてつかまり、水死に見せかけて大川に流されたようだ。

それに、いまも女たちが監禁されているらしい。板塀の向こうで話していた女たちも、おとくのように勾引《かどわ》かされてこの屋敷に閉じ込められ、男たちの慰みものになっているのであろう。

女たちに声をかけた男は、島次か磯五郎ではあるまいか。この屋敷に寝泊まりして女たちを見張るとともに、殺しにも一役買っているにちがいない。

……やっと、越前屋の悪事の実態が見えてきた。

と、倉田は思った。

「もどるぞ」

倉田はそばにいる駒造たちに声を殺して言い、物音をたてないようにしてその場を離れた。

八丁堀にもどった倉田は、ただちに新十郎の屋敷に出向き、ことの次第を伝えた。

「倉田、やっとつかんだな」

めずらしく、新十郎が昂《たかぶ》った声で言った。

「どうしますか」

「すぐに、一味を捕る」

新十郎は、明日にも捕方を向島に差し向けることを話した。

「いま、向島の隠居所に勘兵衛と重蔵はいませんが」

倉田は番頭の重蔵も一役買っているとみていたのだ。

「勘兵衛が黒幕とみていいようだ。すぐに店から逃げ出すようなことはあるまいが、日を置かずに捕らえたい」

新十郎は、勘兵衛たちが隠居所を隠れ蓑《みの》に使い、酒肉の宴を催していたのではないかと思った。むろん、欲望を満たす歓楽だけが目的ではないはずだ。まだ、はっきりしないが、極楽屋敷を商談の場に使ったり、狙った相手を籠絡《ろうらく》するために饗応の場に使ったりしたのだろう。秘密の極楽を味わわせることで、勘兵衛は相手を自分の言いなりにさせたのかもしれない。

赤堀もそうであろう。赤堀は極楽屋敷の歓楽に溺れ、勘兵衛の意のままに動くようになったのではあるまいか。

ただ、新十郎の胸の内には一抹の疑念があった。はたして、町奉行所の同心が色と金だけで己の心を売り、商人のいいなりに動くだろうかという疑念である。

新十郎は、どこかにまだ見えていない深い闇があるような気がした。

だが、新十郎は己の思考をふっ切った。ここで、考えていても仕方がないと思ったのである。

「二手に分かれよう。向島と越前屋を同時に襲うのだ」

新十郎が強いひびきのある声で言った。

3

陽は西の家並の向こうに沈みかけていた。家並の間から射し込んだ西陽《にしび》が、路傍や商家の白壁などを淡い蜜柑色《みかんいろ》に染めている。おだやかな、雀色時《すずめいろどき》である。

南茅場町の大番屋の前に、大勢の男たちが集まっていた。新十郎と倉田をはじめとする鬼彦組の者と捕方たちだった。捕方は、小者、中間、それに岡っ引きや下っ引きたちである。これから、二手に分かれて、越前屋と向島の隠居所に出向き、越前屋勘兵衛と番頭の重蔵、それに寺田たちを捕縛するのだ。

新十郎の背後には、横川の息子の成一郎がいた。顔を紅潮させ、目をつり上げている。成一郎は年番方与力の浅井の尽力もあって、半月ほど前から無足見習として北町奉行所に出仕していた。

新十郎は成一郎を同行し、父の敵《かたき》である寺田を討たせてやりたいと思ったが、成一郎の腕では無理である。それに、奉行所に仇討ちの届けを出していない成一郎が、敵討ちと称して寺田を討つことはできないのだ。

新十郎は、せめて敵討ちの真似事でもさせてやりたかった。それというのも、寺田は町方の縄を受けるようなことはないと踏んでいたのだ。それに、新十郎の頭には、成一郎が捕物にくわわり、ひとりでも捕らえたことにすれば、無足見習から見習にとりたてられるのも早くなるとの読みもあった。

その場に集まった男たちの顔はいずれもけわしかったが、身装《みなり》は捕物出役装束ではなかった。これほどの捕物ならば与力ふたりに数人の同心がしたがい、捕方たちは捕物出役装束に身をかためて奉行所から出立するはずだが、新十郎はあえて奉行所ではなく大番屋の前に捕方を集めた。しかも、同心も捕方たちも、ふだん市中を歩く身装だった。

捕物装束に身を変えない理由があった。新十郎は吟味方与力で、捕物に向かう立場でなかったのだ。それに、騎馬の与力が捕物装束に身をかためた捕方たちをしたがえて奉行所から出張ったら、すぐに市中に知れ渡るだろう。向島の寺田たちはともかく、越前屋のふたりは捕方が到着する前に姿を消すかもしれない。

ただ、集まった捕方たちのなかには、六尺棒、提灯、龕灯《がんどう》などを手にしている者もいた。暗くなることも考慮して用意したのである。龕灯は、銅板などで釣鐘形の外枠を作り、なかに蠟燭《ろうそく》を立てられるように作った物で、一方を照らすことのできる照明具である。

「彦坂さま、われらが先に出立します」

狭山が新十郎のそばに来て言った。

狭山、田上、利根崎の三人が、十数人の捕方を連れて越前屋に行くことになっていた。捕らえるのは、勘兵衛と重蔵のふたりなので、それだけの手勢で十分だろう。それに、勘兵衛と重蔵が捕方に抵抗するとは思えなかったのだ。

狭山たちは、越前屋が店仕舞いする直前に店内に踏み込み、ふたりを捕らえる手筈をととのえていた。客が店内に残っていないときを狙ったのである。

「頼むぞ」

新十郎は、狭山の脇にいる田上と利根崎にも目をやって声をかけた。

「かならず、ふたりを捕らえます」

狭山が顔をひきしめて言うと、田上と利根崎もうなずいた。

狭山たちは新十郎から離れると、連れていくことになっている捕方たちを集め、江戸橋の方へむかった。ふたり、三人と、捕方たちは分かれて歩いた。夕暮れ時とはいえ、人出の多い賑やかな表通りを通るので人目を引かないようにしたのである。

「さて、おれたちも行くか」

新十郎が倉田や根津たちに声をかけた。

「すでに、舟は用意してあります」

倉田が言った。

新十郎たちは、大番屋の裏手の桟橋から向島まで舟で行くことになっていたのだ。

「行くぞ」

新十郎が集まっている捕縛たちに声をかけた。

桟橋には、三艘の猪牙舟が舫ってあった。船頭役は、岡っ引きや下っ引きのなかで、舟の扱いに慣れている者がやることになっていた。

一番手の舟には、新十郎、倉田、成一郎、それに倉田の手先の小者などが四人乗り込んだ。舟を漕ぐのは、若い峰助《みねすけ》という下っ引きだった。ふだん、船宿の船頭をしているとのことだった。

二番手は、根津と岡っ引きや小者などの捕方が七人乗り込んだ。三番手は、高岡と六人の捕方である。

「舟を出せ！」

一同が乗り込んだのを見て、倉田が声を上げた。ここから隠居所に着くまで、倉田が先導することになっていたのだ。

三艘の舟は日本橋川を下り、大川へ出ると水押しを川上にむけた。新大橋をくぐり、水飛沫を上げながら大川をさかのぼっていく。

西の空に茜色の夕焼けがひろがっていた。大川の川面は夕焼けを映して茜色に染まり、遠い江戸湊の海原までつづいている。

やがて、舟は向島の桟橋に着いた。川沿いにつづく墨堤の桜並木が淡い夕闇のなかで、黒ずんで見えた。桟橋に人影はなく、杭を打つ流れの音が耳を聾するほどに聞こえてくる。

「この先だ」

倉田は先に立って土手の小径をたどって川沿いの道へ出た。新十郎をはじめとする二十人ほどの一隊が後につづいた。

倉田たちは白髭神社の前を通り、さらに田畑のなかの小径をたどって雑木林のなかへ入った。すでに、林のなかは濃い夕闇につつまれていた。それでも、西の空には夕焼けが残っていて、提灯はなくとも歩くことができた。

倉田たちは、足音を忍ばせて隠居所へむかった。いっとき歩くと、林の先に生け垣をまわした隠居所の屋根が見えてきた。夕闇のなかに、黒く沈んでいるように見える。

「あの家です」

倉田が生け垣に近寄りながら新十郎に小声で言った。

「隠居所にしては、大きな家だな」

家からかすかに灯が洩れていた。辺りは、さらに夕闇が濃くなり、林のなかの樹陰などは人影もはっきりしないほど暗くなっている。

倉田たちが生け垣のそばに身を寄せると、忍び寄るような足音がし、家の表の方から近付いてくる人影が見えた。駒造と浜吉である。ふたりは、午後からこの場に来て、隠居所を見張っていたのである。

「どうだ、なかの様子は」

倉田が声をひそめて訊いた。

「あっしらがここに来てから、家を出た者はいません。寺田や島次たちは、なかにいるようです」

駒造が答えた。

そのやり取りを脇で訊いていた新十郎が、

「よし、仕掛けよう」

と、声を殺して言った。

その場に集まった一隊は、二手に分かれた。倉田、新十郎、成一郎らの一隊は表から、高岡と根津の一隊は裏手にまわることになっていた。裏手の一隊は、屋敷内には踏み込まず裏口から逃走する者を捕らえるのである。

「あっしが、案内しやすぜ」

駒造が、裏手にまわる高岡たちの先に立った。木戸門から侵入することになるだろう。

「表は、こっちだ」

倉田が先に立った。新十郎をはじめ十人ほどの捕方がつづいた。

4

家の正面は庭になっていて、生け垣がまわしてなかった。前方の眺望を遮らないようにしたらしい。倉田たちは、正面の庭に出る前に捕物の支度をした。支度といっても、袴の股だちを取り、襷で両袖を絞るだけである。小者や岡っ引きたち捕方も襷をかけると、懐から十手や捕り縄を取り出した。龕灯や提灯を持っている者は、携帯した火入れから火を点《つ》けた。まだ、提灯はなくとも見えたが、明りのない家のなかへ踏み込む用意をしたのである。

「彦坂さま、お願いがございます」

倉田が声をあらためて言った。

「なんだ」

「それがしに、寺田と立ち合わせていただきたいのですが」

倉田は、すでに寺田と切っ先を合わせていたこともあり、ひとりの剣客として勝負を決したい気持ちがあったのだ。

「よかろう。西崎は、おれにまかせてもらったからな。……ただし、おまえがあやういとみたら、助太刀にはいるぞ」

新十郎が当然のような顔をして言った。

「よしなに」

倉田は新十郎と目をあわせると、ちいさくうなずいた。

「よし、行くぞ」

新十郎が捕方たちに指示した。

倉田が先にたち、生け垣の陰から庭に出た。新十郎と捕方の一隊がつづく。提灯と龕灯の灯が、男たちを照らし出していた。いずれもけわしい顔をし、双眸が獲物に迫る狼のように青白くひかっている。

庭に面した廊下の障子が、ぼんやりと火影《ほかげ》を映していた。男が何人かいるらしく、くぐもったような声が聞こえてきた。

倉田たちは、足音を忍ばせて縁先に近付いていく。

障子の向こうの話し声がしだいにはっきり聞こえてきた。男が三、四人いるらしい。衣擦れの音や瀬戸物の触れ合うような音が、かすかに聞こえた。夕めしでも食っているのか、それとも酒でも飲んでいるかである。

縁側の前まで来ると、倉田が足をとめ、散れ！　と捕方たちに合図した。ばらばらと、捕方たちが縁側に沿ってひろがった。座敷にいる男たちの逃走を防ぐためである。

障子の向こうの物音と話し声がやんだ。捕方の動く足音を耳にしたのだろう。息を呑んで、外の気配をうかがっているようだ。そのとき、障子の向こうで、おい、外にだれかいるぞ、と男の声が聞こえた。

すかさず、倉田が、

「町方だ！　姿を見せろ」

と、声を上げた。

すると、障子の向こうで人の立ち上がる気配がし、ガラリと障子があいた。

障子の間から姿を見せた町人が、

「捕方だ！　大勢いやがる」

と、甲走った声を上げた。丸顔で、小太りの男だった。その男の背後に、ふたりの人影が見えた。ひとりは痩身の武士だった。寺田である。

「神妙に縛《つ》に就けい！」

新十郎が声を上げると、縁側に沿って立った捕方たちが、
御用！

御用！

と、いっせいに声を上げ、姿を見せた男たちに龕灯と提灯の灯をむけた。龕灯の交差した明りのなかに、寺田と町人ふたりの姿が浮かび上がった。

「裏だ！　裏から逃げるんだ」

座敷のなかにいた大柄な男が叫んだ。その声で、障子をあけた小太りの男がきびすを返した。

そのとき、座敷の奥で走り寄る足音がし、別の男が、捕方だ！　裏手に大勢集

まっていやがる！　と叫んだ。どうやら、もうひとりいたらしい。裏手の台所にでもいて、高岡たちの一隊が踏み込んでくるのを目にしたのだろう。

「逃げられぬぞ！　この屋敷は、捕方が取り囲んでいる」

新十郎が十手をむけて言った。

「ちくしょう！　てめぇらに、つかまってたまるか」

叫びながら、大柄な男が廊下に出てきた。怒りと興奮で、目がつり上がっている。

つづいて、小太りの男と裏手から駆けつけた痩身の男が廊下に姿をあらわした。その三人の後ろから、寺田がゆっくりとした足取りで廊下に出てきた。左手に大刀をひっ提げている。

龕灯の灯に、寺田の顔が浮かびあがった。総髪で面長、鼻梁《びりょう》が高く、切れ長の細い目をしていた。寺田は庭にいる捕方たちに視線をまわした後、倉田を睨むように見すえた。細い目が、龕灯の灯を映して、赤みを帯びている。夜叉《やしゃ》のような面貌《おもて》である。

「寺田、勝負だ！」

倉田が寺田の前に歩を進めた。

「おれが、斬れるのか」

寺田の顔に薄笑いが浮いたが、すぐに消えた。

寺田はゆっくりとした動作で抜刀をすると、鞘を足元に落とした。夕闇のなかで、龕灯の灯を映じた刀身が血塗られたようににぶくひかっている。

「やっちまえ！」

大柄な男が叫んで、懐に呑んでいた匕首を抜いた。

他のふたりも、血走った目をして懐から匕首をとりだした。町方の縄を受ける気はないようだ。

「捕れ！　ひとりも逃がすな」

新十郎が声を上げると、捕方たちは三人の町人を取りかこむようにまわり込み、それぞれに十手をむけた。捕方たちも必死の形相である。

倉田は刀を手にしたまま後じさった。寺田が庭に出られるだけの間合を取ったのである。

間合があくと、寺田は廊下から庭へ飛び下りた。

ふたりの間合は、およそ四間。足場は悪くなかった。小砂利が敷いてある。

寺田は八相に構えた。大きな構えで上からおおいかぶさってくるような威圧がある。倉田は青眼に構え、切っ先を寺田の左拳につけた。十軒町で立ち合ったときと同じ構えである。ただ、一足一刀の間境から遠かったので、それぞれ斬り込んでいく気配はなかった。

「寺田、うぬの流は」

倉田が訊いた。寺田が何者なのか知りたかったのだ。

「馬庭念流。おぬしは」

馬庭念流は、高崎を中心として上州一帯にひろまっている流派である。寺田は上州の出身かもしれない。

「一刀流だ。……おぬしほどの腕がありながら、なにゆえ越前屋の悪事に荷担しているのだ」

倉田が、さらに訊いた。

「金だ。……街道を流れ歩く暮らしには、あきあきしたのでな。江戸で、ゆっくり楽しもうと思ったのよ」

寺田の口元に自嘲するような笑いが浮いた。

「そうか」

寺田は、上州のどこかで、郷士か軽格の武士の冷や飯に生れたのではあるまいか。若いころ馬庭念流を修行したが出仕はかなわず、家を出て街道筋を流れ歩く暮らしをつづけたにちがいない。そして、江戸に出て、猪吉や島次たちの悪党と出会い、越前屋ともかかわりができたのだろう。

「ここは極楽だ。おれも、楽しませてもらっているよ」

寺田はそう言うと、全身に気勢を込めた。口元に浮いた自嘲が消え、倉田にむけられた双眸に切っ先のような鋭いひかりが宿った。

5

「行くぞ!」

寺田が趾《あしゆび》を這うようにさせて、間合をせばめ始めた。ザリッ、ザリッ、と、寺田の足元で小砂利を踏む音がひびいた。

寺田の八相は、どっしりと腰の据わった構えで隙がない。間合をつめ始めても、構えがまったくくずれなかった。龕灯の灯を反射《はね》て赤みを帯びた刀身が夕闇を切り裂き、にぶい刃光をひいて迫ってくる。

対する倉田は動かなかった。切っ先を寺田の左拳につけたまま気を鎮めて、斬撃の起こりをとらえようとしていた。

しだいに、ふたりの間合がせばまってきた。ふたりの全身に気勢が満ち、斬撃の気配が高まってくる。

異様な緊張と静寂が、辺りを支配していた。ふたりの全身から鋭い剣気がはなたれ、音も時の流れも、ふたりの意識から消えていた。痺れるような剣の磁場が、ふたりをつつんでいる。

ふいに、寺田の寄り身がとまった。左足が、一足一刀の間境にかかっている。寺田はさらに気勢をこめ、するどい剣気をはなった。気攻《きぜ》めである。寺田は気で攻め、倉田の剣気を乱そうとしたのだ。

倉田も全身に気勢をこめ、気魄で攻めた。

ふたりは、塑像《そぞう》のように動かなかった。気だけが、激しくぶつかり合っている。気の攻防である。

時とともに、ふたりの剣気が異様に高まってきた。

潮合《しおあい》だった。

ザリッ、と寺田の足音で砂利を踏む足音がした。寺田が半歩踏み出したのだ。

次の瞬間、ふたりの全身に斬撃の気がはしった。

ふたりの体《たい》が躍動し、
イヤアッ！

タアッ！

ほぼ同時に、裂帛《れっぱく》の気合が静寂を劈《つんざ》いた。

寺田が八相から袈裟へ。倉田は青眼から逆袈裟に刀身を撥ね上げた。

一瞬の刃光が夕闇を切り裂き、眼前で合致した。次の瞬間、ガッ、というにぶい金属音がして、金気が流れた。

袈裟と逆袈裟。

ふたりの刀身は一瞬、噛み合い、すばやく上下にはじき合った。

間髪を入れず、ふたりは二の太刀をはなった。

倉田は右手に跳びながら、刀を横に払った。一瞬の反応である。

一方、寺田はふたたび八相に構えて、袈裟に斬り下ろした。

ザクリ、と倉田の肩口が裂け、かるい疼痛《とうつう》がはしった。寺田の切っ先にとらえられたのだ。

倉田の手には、皮肉を斬る重い手応えがあった。横に払った一撃が、寺田の胴を深くえぐったのである。

寺田は上体を折るようにかしげて前によろめいたが、足がとまると、がっくりと両膝を折った。左手で腹を押さえたが、裂けた腹部から臓腑《ぞうふ》が覗いている。寺田は蟇《ひき》の鳴くような低い呻き声を洩らし、うずくまっていた。

そのとき、新十郎が成一郎をともなって、倉田の脇へ近付いてきた。そして、倉田の肩口の傷が深手でないことを見てとってから、うずくまっている寺田に目をやり、

「成一郎、父の敵《かたき》を討て！」

と、語気を強くして言った。

倉田はすばやく身を引いた。この場は、新十郎にまかせようとしたのだ。

「は、はい」

成一郎は刀を抜き、切っ先を寺田にむけたが、顔は血の気を失って白蠟のようになり、手にした刀はワナワナと震えていた。無理もない。刀は帯びているが、人に切っ先をむけたことすらないのだ。

「おれが手を貸してやる。成一郎、しっかり柄を握れ！」

新十郎は叱咤《しった》するような声で言うと、柄を握っている成一郎の拳を上から握り、

「行くぞ！」

と声をかけ、成一郎とともに強く切っ先を突き出した。

切っ先が、寺田の背に突き刺さった。寺田は喉のつまったような呻き声を上げて身をのけ反らせ、身悶えするように上体をよじったが、がっくりと体を前に倒して動かなくなった。

新十郎と成一郎が刀身を引き抜くと、その傷口から血が奔騰《ほんとう》した。切っ先が心ノ臓を突き刺したらしい。

「成一郎、父の敵を討ったな」

新十郎がいたわるように声をかけると、

「は、はい、彦坂さまと、倉田さまのお蔭です」

成一郎が震えを帯びた声で言った。目が異様にひかっている。人を突き刺し、気が昂っているのである。

捕物は終わっていた。三人の町人は、いずれも縄をかけられていた。三人とも匕首をふるって抵抗したらしく、捕方のふたりが傷を負っていた。ただ、ふたりとも浅手らしく、命にかかわるようなことはなさそうだった。

捕らえられた三人にも、打擲《ちようちやく》された痕があった。ひとりは顔に青痣《あおあざ》があり、瞼《まぶた》が腫れていた。元結が切れてざんばら髪の男もいたし、袖がちぎれて、ぶら下がっている男もいた。いずれも十手で殴られたり地面に押し倒されたりして、ぶざまな姿になったらしい。

三人は、島次と磯五郎、それに猪吉といっしょに遊び歩いていた豊造《とよぞう》という男だった。後で分かったことだが、豊造も娘を攫《さら》ったり、死体を運んだりしたときも手を貸したようだ。また、勘兵衛や重蔵を舟で越前屋まで送るのも、豊造の役目らしかった。

倉田は捕らえられた三人の顔を見たとき、母屋の裏手に監禁されているらしい娘たちのことを思い出した。

「彦坂さま、屋敷内をみてきます。攫われた娘が、いるはずです」

倉田は龕灯を手にした捕方ひとりを連れ、そばにいた高岡とふたりで縁側から家のなかに入った。裏手にまわった高岡たちも、表で斬り合いが始まったことを察知して庭に駆けつけていたのだ。

家のなかは暗かった。倉田たちは龕灯で照らしながら寺田たちのいた座敷に踏み込み、さらに廊下へと進んだ。家はひろく、座敷が四、五間はありそうだった。

廊下を奥へむかって歩くと、女のすすり泣きとしゃくり上げるような声がかすかに聞こえた。奥の座敷らしい。

廊下を進むと、女の泣き声はしだいにはっきり聞こえるようになってきた。ふたりいるようだ。

「ここだ」

倉田は足をとめた。

障子の向こうから、女の泣き声と衣擦れの音が聞こえた。

倉田が障子をあけた。なかは暗かったが、ぼんやりと人影が見えた。女がふたり、座敷の隅で身を寄せ合っているようだ。

女たちの泣き声はやんでいた。障子があいて、龕灯の灯のなかに浮かび上がった倉田の姿を目にしたにちがいない。

捕方が龕灯の明りを座敷のなかにむけた。丸いひかりのなかに、ふたりの女の姿が浮かび上がった。緋色の襦袢としごき帯だけである。白い首筋や胸元、脛などがあらわになっている。

倉田たちは、座敷に入っていった。ふたりの女は、まだ十五、六と思われる娘だった。恐怖の色を浮かべながらも、目を見開いて倉田たちを見上げている。雪のように白い肌が、龕灯に照らされて淡い蜜柑色にかがやいていた。ふたりとも、美人である。

「攫われて、ここにいるのか」

倉田がおだやかな声で訊いた。

「は、はい……」

年嵩《としかさ》と思われる娘が、声を震わせて言った。

「案ずることはないぞ。おれたちは、ふたりを助けに来たのだ」

倉田がそう言うと、ふたりの娘は食い入るように倉田の顔を見つめた。

ふいに、倉田を見つめていたふたりの顔がゆがみ、涙が瞼《まぶた》からこぼれて頬をつたった。ふたりの娘は抱き合い、オンオンと声を上げて泣きだした。

倉田がふたりに名を訊くと、おしまと菊江《きくえ》とのことだった。菊江は御家人の娘らしかった。

「すぐに、親許に帰してやるぞ」

倉田が、泣き声の細くなったふたりに声をかけた。

その後、倉田たちは母屋をまわり、与兵衛を見つけた。奥の台所ちかくの納戸のような小部屋で薄汚れた布団にくるまって横になっていた。寝たきりというわけではなく、厠《かわや》へも自分で行けるようだった。ただ、かなり耄碌《もうろく》していて、倉田たちの姿を見ると、どなただったかな、とつぶやいて首をかしげていた。町方であることが分からなかったらしい。おそらく、与兵衛は隠居として扱われていたのではなく、厄介者として奥座敷にとじこめられていたにちがいない。耄碌した与兵衛は、極楽屋敷にふさわしくない男だったのであろう。

6

夕焼けが、西の空を茜色に染めていた。あけたままの障子の間から、涼気をふくんだ微風が流れ込んでいる。日中はかなり暑かったのだが、陽が沈むと、急に涼しくなってきたのだ。

彦坂家の居間に、新十郎と倉田の姿があった。倉田は巡視を終え、奉行所からの帰りに新十郎の許に立ち寄ったのだ。それというのも、越前屋勘兵衛と重蔵が口を割り、口書《くちがき》に爪印を押したと聞いたからである。

鬼彦組の者が、勘兵衛と重蔵、それに島次たち三人を捕らえて十日ほど過ぎていた。この間、新十郎が大番屋に出向いて吟味にあたっていたが、勘兵衛と重蔵は何を訊かれても、知らぬ、存ぜぬ、で押し通していた。倉田も何度か吟味の場に立ち合ったが、ふたりの強情さはあきれるほどだった。

倉田は定廻り同心なので、市中巡視をおこたるわけにはいかなかった。それで、吟味の場には、手のすいたときと新十郎に命じられたときだけ顔を出していたのである。

「勘兵衛と重蔵が、口を割ったそうですね」

倉田が訊いた。

「ああ、やっとな。……島次たち三人の口書を見せたのだ。それで、おまえたちふたりが口を割らなくとも、察斗詰《さっとづめ》にできると言うとな、やっと口をひらきおった」

この時代、罪状に相当する刑罰の裁決は罪人の自白によっておこなわれていた。ところが、どんな拷問をしても自白しない剛の者もいないではなかった。そんなとき、罪状を明記した書状と伺い書などを老中に提出して裁決をあおぐのである。これを、察斗詰といった。

「やはり、極楽屋敷は勘兵衛の仕業《しわざ》ですか」

番頭の重蔵は、勘兵衛の言いなりに動いていただけらしかった。

「そのようだ。寺田や島次たちに金を渡して娘を攫わせ、あの屋敷に監禁して弄んでいたらしい」

隠居所から助け出したおしまと菊江も、攫われて監禁されていたのだ。おしまは太物問屋の娘だった。浅草寺に参詣に行った帰りに小間物屋に立ち寄り、大川端沿いの道を通りかかったとき、島次たちに襲われ、舟で向島まで連れていかれたそうだ。おしまの親が土地の親分に話したそうだが、男と駆け落ちでもしたのではないかと疑われ、まともに調べてもらえなかったという。

また、菊江は御家人の娘で親戚からの帰りに勾引《かどわ》かされたそうだ。菊江の親は、世間体を気にして、幕府の目付筋に訴えるようなことはしなかったという。

「ま、ふたりとも家に帰れたのだ。月日が経てば、心の傷も癒《い》えるだろうよ」

新十郎が、もっともらしい顔をして言った。

「ところで、勘兵衛ですが、自分たちだけで楽しんでいたとは思えないのですが」

倉田が言った。女色を楽しむなら金さえ出せば、岡場所や吉原でどうにでもなるはずである。娘を勾引かしたり町方同心を殺したり、危ない橋を渡る必要はないのだ。

「勘兵衛は狒《ひ》々爺《ひじじい》だが、己の淫欲だけで極楽屋敷を始めたのではない。おれたちが見込んだとおり、商談相手や幕府のお偉方を酒色で饗応するためだ。……素人の若い娘に薄物だけを着せて酒席にはべらせ、その後、客の好きなように遊ばせたそうだよ。……あの屋敷で娘たちをもてあそんだ者は、罪のない娘をなぶりものにしたような強い後ろめたさを覚えてな、同席した者たちと同じ罪を犯したような気持ちになったようだ」

新十郎が視線を膝先に落とし、重い声で言った。

「……………」

倉田は黙って聞いていた。

「それで、勘兵衛の要求を断りづらくなる。それが、狙いだ。……赤堀もその罠に嵌《は》まったひとりらしい」

新十郎の顔に憎悪の色が浮いた。勘兵衛の卑劣なやり方に怒りを覚えたのだろう。

新十郎が口をつぐんだとき、

「幕府のお偉方というのはだれです」

と、倉田が訊いた。

「御側衆の大久保さま、それに、大久保家に仕える用人、御小納戸の者もいたらしいが、名は口にしなかった。おれも、あえて名は訊かなかったのだ。名を聞いても、どうにもならんからな。町方は幕臣に手を出せないこともあるが、出された酒を飲んだだけだと言われれば、どうにもなるまい」

新十郎が渋い顔をして言った。

「ところで、およしと千次郎、それに、おとくはどうして殺されたのです」

「おとくは、向島の屋敷から何度も逃げ出そうとしたらしい。それで、他の娘たちへの見せしめのために殺したそうだ」

「およしと千次郎は？」

「およしの件だが、すこしばかり気になっているのだ」

新十郎が声を落として言った。

「何が気になっているのです」

「およしは、向島の屋敷で、もてあそぶために攫《さら》ったのではないらしい。なにしろ、およしは攫われたときに身籠《みご》もっていたのだからな。……はじめから攫って、相対死に見せかけて殺すつもりだったようだ」

新十郎が島次たちを自白させたところによると、猪吉たちがおよしを浅草寺の境内から大久保家の名を出して連れ出し、そのまま駒形堂の近くから舟に乗せて向島の屋敷に連れていったという。

「なぜ、はじめから殺すつもりで攫ったのです」

倉田が訊いた。

「子を生ませては、困る者がいたのだ」

「大久保さま！」

思わず、大久保の名が倉田の口をついて出た。倉田の胸の奥におよしの子の胤《たね》は、大久保ではないかという思いがあったのだ。

「おれも、大久保さまだと思う。大久保家の内情は分からないが、商家の娘に手をつけ、男の子でも生まれたら、後が面倒だと思ったのかもしれんな。それに、大久保さまは、向島の屋敷に顔を出していたので、そのおり、それとなくおよしの始末を頼んだとも考えられる。……ただ、いまになっては、手の打ちようもない。およしの子が、大久保さまの子かどうかも分からないし、そのようなことは知らぬ、と大久保さまに言われれば、どうにもなるまい」

新十郎の口調は重かった。これ以上、大久保を追及することのできない無念さがあるのだろう。

「千次郎は？」

「あの男は、島次たちの仲間だ。勘兵衛の指図で動いていたようだが、こともあろうに勘兵衛を強請《ゆす》ったそうだ。……お上に訴える、と言って三百両もの大金を出させようとしたらしい。それで、およしの相手に仕立てて殺したというわけだ」

「赤堀と権六を殺したのは、やはり、口封じですか」

「そのようだ」

島次と磯五郎の自白によると、勘兵衛の名で赤堀と権六を鉄砲洲稲荷に呼び出し、寺田が自害に見せかけて殺したという。

「それで、捕らえた勘兵衛たちは、どうなります」

倉田が訊いた。

「重蔵は遠島ぐらいですむかもしれんが、後の者はいずれも死罪だろうな」

「……」

倉田はうなずいただけだった。

新十郎も口をつぐみ、座敷が重苦しい沈黙につつまれた。

「倉田」

新十郎が倉田に顔をむけた。

「おれは、どうもすっきりせん。……大久保さまに手が出せないこともあるが、どこかに別の大物がひそんでいるような気がしてならんのだ。勘兵衛のこともそうだ。町方に探られたくない気持ちは分かるが、米問屋のあるじが探索を始めたばかりの横川を真っ先に始末しようと思うかな」

「それがしも、すっきりしませんが……」

倉田も新十郎と同じ気持ちだった。

「だが、おれの思い過ごしかもしれん。勘兵衛の他に黒幕らしき者はみえていないし、これまでの殺しの下手人たちは、すべて知れたのだからな」

新十郎がそう言ったとき、廊下を歩く足音がして廊下側の障子があいた。

姿を見せたのは、新十郎の母親のふねと女中のおみねである。おみねが、湯飲みを載せた盆を手にしていた。

ふねは新十郎の脇に膝を折ると、

「お茶がはいりました」

と、とりすました顔で言った。

おみねが無言でちいさく頭を下げ、倉田と新十郎の膝先に湯飲みを置いた。おみねは茶を出し終えると、すぐに引き下がり、座敷から出ていったが、ふねは新十郎の脇に座したままだった。

「ごちそうになります」

倉田がそう言って茶を飲み、膝先に湯飲みを置くと、

「倉田どの」

ふねが声をかけた。

「はい」

「倉田どのは、まだお独《ひと》りですか」

「そうですが」

「おいくつになりました」

「二十六ですが」

なにゆえ歳など訊いたのだろう、と倉田は思い、あらためてふねに目をむけた。

「いけませんねえ」

ふねがきつい顔をして言った。

「………」

「倉田家の跡継ぎは、どなたです。倉田どののお子が、跡を継ぐのではないのですか。早くお子をもうけねば、倉田家は絶えてしまいますよ」

ふねは静かだが、強いひびきのある声で言い、新十郎へ顔をむけると、

「新十郎、おまえもそう思うだろう」

と、念を押すように言った。

「まァ、そうですが……」

新十郎は言葉につまり、顔を赤らめた。

ふねが言いたかったのは、倉田でなく新十郎だったのだ。新十郎はふいをつかれ、言葉につまったのだ。

その様子を見ていた倉田が、

「御母堂、ご懸念にはおよびません。彦坂さまは、御番所でも手の早いことで知られたお方ですので、今年中にもお子の誕生ということになるかもしれませんと、もっともらしい顔をして言った。

「お、おい、倉田、いきなり何を言い出すのだ」

新十郎が、慌てて言った。さらに、顔が赤くなっている。

「まさか、そのような……」

ふねが驚いたような顔をして、新十郎と倉田に目をむけている。


（了）

本書は文春文庫への書き下ろし作品です。

本書の無断複写は著作権法上での例外を除き禁じられています。
また、私的使用以外のいかなる電子的複製行為も一切認められておりません。

文春文庫

八丁堀《はっちょうぼり》吟味帳《ぎんみちょう》　鬼《おに》彦《ひこ》組《ぐみ》

定価はカバーに表示してあります

2012年3月10日　第1刷

著　者　鳥《と》羽《ば》亮《りょう》
発行者　村上和宏
発行所　株式会社 文藝春秋

東京都千代田区紀尾井町3-23　〒102-8008
TEL 03・3265・1211
文藝春秋ホームページ　http://www.bunshun.co.jp

落丁、乱丁本は、お手数ですが小社製作部宛お送り下さい。送料小社負担でお取替致します。

印刷・凸版印刷　製本・加藤製本

Printed in Japan
ISBN978-4-16-782901-8

（　）内は解説者。品切の節はご容赦下さい。

風野真知雄
耳袋秘帖
妖談かみそり尼

高田馬場の竹林の奥に棲む評判の美人尼に相談に来ていたという女好きの若旦那が、庵の近くで死体で発見された。はたして尼の正体とは。根岸肥前守が活躍する、新「耳袋秘帖」第二巻。

か-46-2

風野真知雄
耳袋秘帖
妖談しにん橋

「四人で渡ると、その中で影の消えたひとりが死ぬ」という「しにん橋」の噂と、その裏にうごめく巨悪の正体を、赤鬼奉行・根岸肥前守が解き明かす。新「耳袋秘帖」シリーズ第三巻。

か-46-3

風野真知雄
耳袋秘帖
妖談さかさ仏

処刑寸前、仲間の手引きで牢破りに成功した盗人・仏像庄右衛門は、下見に忍び込んだ麻布の寺で、仏像をさかさにして拝む不思議な僧形の大男と遭遇する——。新「耳袋秘帖」第四巻。

か-46-4

藤井邦夫
養生所見廻り同心　神代新吾事件覚
指切り

北町奉行所養生所見廻り同心・神代新吾。南蛮一品流捕縛術を修業する若く未熟だが熱い心を持つ同心だ。新吾が事件に挑む姿を描く書き下ろし時代小説「神代新吾事件覚」シリーズ第一弾！

ふ-30-1

藤井邦夫
養生所見廻り同心　神代新吾事件覚
花一匁

養生所に担ぎこまれた女と謎の浪人の悲しい過去とは？　白縫半兵衛、手妻の浅吉、小石川養生所医師小川良哲らの助けを借りながら、若き同心・神代新吾が江戸を走る！　シリーズ第二弾。

ふ-30-2

八木忠純
蜘蛛《くも》の巣店《すだな》
喬四郎　孤剣ノ望郷

悪政を敷く御国家老に父を謀殺された有馬喬四郎は、江戸の蜘蛛の巣店に身を潜めて復讐を誓う。ままならぬ日々を懸命に生きる喬四郎と、ひと癖ふた癖ある悪党どもが繰り広げる珍騒動。

や-47-1

八木忠純
おんなの仇討ち
喬四郎　孤剣ノ望郷

喬四郎の身辺は騒がしい。刺客と闘いながら、日銭稼ぎの用心棒稼業。思いを寄せるとよも、父の敵を探しているという。偽侍の西田金之助は助太刀を買ってでる腹づもりのようだが……。

や-47-2

（　）内は解説者。品切の節はご容赦下さい。

高橋克彦
だまし絵歌麿
江戸を高波が襲った夜、当代きっての絵師・歌麿の女房が殺された。事件の真相を追う同心・仙波の前に明らかとなる黒幕の正体と、あまりに意外な歌麿のもう一つの顔とは？　（寺田　博）
た-26-7

津本　陽
柳生十兵衛　七番勝負
徳川将軍家の兵法師範、柳生宗矩の嫡子である十兵衛は、家光の密命を受け、諸国を巡り徳川家に仇なす者を討つ隠密の旅に出る。新陰流・剣の真髄と名勝負を描く全七話。　（多田容子）
つ-4-57

永井路子
流星　お市の方（上下）
生き抜くためには親子兄弟でさえ争わねばならなかった戦国の世。天下を狙う兄・信長と最愛の夫・浅井長政との日々加速する抗争のはざまに立ち、お市の方は激しく厳しい運命を生きた。
な-2-43

新田次郎
劒岳〈点の記〉
日露戦争直後、前人未踏といわれた北アルプス、立山連峰の劒岳山頂に、三角点埋設の命を受けた測量官・柴崎芳太郎。幾多の困難を乗り越えて山頂に挑んだ苦戦の軌跡を描く山岳小説。
に-1-34

畠中《はたけなか》　恵
まんまこと
江戸は神田、玄関で揉め事の裁定をする町名主の跡取・麻之助。このお気楽ものが、支配町から上がってくる難問奇問に幼馴染の色男・清十郎、堅物・吉五郎と取り組むのだが……。（吉田伸子）
は-37-1

平岩弓枝
御宿かわせみ
「初春の客」「花冷え」「卯の花匂う」「秋の蛍」「倉の中」「師走の客」「江戸は雪」「玉屋の紅」の全八篇を収録。江戸大川端の小さな旅籠「かわせみ」を舞台とした人情捕物帳シリーズ第一弾。
ひ-1-81

平岩弓枝
新・御宿かわせみ
時は移り明治の初年。幕末の混乱は「かわせみ」にも降り懸かる。次代を背負う若者たちは悲しみを胸に抱えながらも、激動の時代を確かに歩み出す。大河小説第二部、堂々のスタート。
ひ-1-115

文春文庫　最新刊

三匹のおっさん　有川 浩
還暦くらいでジジイの箱に蹴りこまれてたまるか！　ご町内の悪を斬る！

八丁堀吟味帳 **鬼彦組**　鳥羽 亮
書き下し時代小説シリーズ第一弾！　仲間を殺された奉行所の面々の闘い

耳袋秘帖 **妖談へらへら月**　風野真知雄
江戸の町人が消える「へらへら月」とは？　書き下し妖談シリーズ第五弾

秋山久蔵御用控 **神隠し**　藤井邦夫
人気シリーズ第一弾が文春文庫から登場。〝剃刀〟の異名を持つ久蔵の活躍

警視庁公安部・青山望 **政界汚染**　濱 嘉之
繰上当選した議員の周囲で続く怪死の真相は。書き下ろしシリーズ第二弾

凍土の密約　今野 敏
殺人事件捜査に呼ばれた公安部倉島警部補はプロの殺し屋の存在を感じる

あした咲く蕾　朱川湊人
東京の下町を舞台に、短編の名手がつむぎ出す喪失と再生の物語

13階段　高野和明
無実の男の処刑を阻止せよ！　江戸川乱歩賞受賞の傑作ミステリー

源氏の流儀 源義朝伝　髙橋直樹
平清盛のライバルにして頼朝、義経の父の生涯を描く書き下ろし文庫

蘭陵王　田中芳樹
三国志から三百年、混迷の大地に英雄が現れた。美貌の名将の鮮烈な生涯

院長の恋　佐藤愛子
頼もしい理想の上司がこんな情けない男になるなんて。ユーモア小説集

黒澤明という時代　小林信彦
〝世界のクロサワ〟として時代と格闘した映画作家、黒澤明を描く

言葉と礼節 阿川弘之座談集　阿川弘之
藤原正彦、養老孟司ら、各界の八人を招いた、ユーモア溢れる座談集

桜さがし　柴田よしき
古都の移ろいゆく季節の中、青春群像を描く傑作ミステリ

午後からはワニ日和　似鳥 鶏
個性溢れるメンバーが織りなす愉快な動物園ミステリー、開幕！

不揃いの木を組む 聞き書き・塩野米松　小川三夫
法隆寺最後の宮大工の内弟子、宮大工の名棟梁の〝人を育てる〟金言の数々

平日　石田 千
朝の上野、昼の円山町など東京の風景を、変幻自在に描くエッセイ集

料理の絵本 完全版　石井好子 水森亜土
老若男女が楽しめる、幻の料理本が完全版で復刻。さあ、作りましょう！

たべる しゃべる　高山なおみ
仲間のところで、ごはんを作りながら聞いた食卓でしか話せない話

人生を教えてくれた **傑作！広告コピー516** メガミックス編
「おいしい生活。」「一緒なら、きっと、うまく行くさ。」80年代名コピー集

生きるコント2　大宮エリー
何をしでかすか分からない〝嵐を呼ぶ女〟大宮エリー爆笑エッセイ第二弾

ベスト・オブ・映画欠席裁判　町山智浩・柳下毅一郎
傑作から駄作まで、映画を見まくり語りつくす、爆笑活字漫談！